神州颂

张长兴 著

九州出版社
JIUZHOUPRESS

图书在版编目（CIP）数据

神州颂 / 张长兴著. -- 北京 ：九州出版社，
2014.7
ISBN 978-7-5108-3163-8

Ⅰ．①神… Ⅱ．①张… Ⅲ．①诗集－中国－当代
Ⅳ．① I227

中国版本图书馆CIP数据核字(2014)第179483号

神州颂

作　　者	张长兴 著
出版发行	九州出版社
出 版 人	黄宪华
地　　址	北京市西城区阜外大街甲35号 （100037）
发行电话	(010)68992190/3/5/6
网　　址	www.jiuzhoupress.com
电子信箱	jiuzhou@jiuzhoupress.com
印　　刷	北京华忠兴业印刷有限公司
开　　本	787毫米×1092毫米　16开
印　　张	13　彩插 12p
字　　数	45.9千字
版　　次	2014年9月第1版
印　　次	2014年9月第1次印刷
书　　号	ISBN 978-7-5108-3163-8
定　　价	28.00元

作者

作者与夫人

埃菲揽我入青云，鸟瞰巴黎景色新。

银河倾泻落人间，气势磅礴映昊天。

根入污泥而不染，花开湖面淡淡香。

非洲广袤趣无穷，异域风光异域情。

银装素裹胜仙山，铜牛冒雪守家园。

盛夏匡庐瑞气盈，神奇莫测景朦胧。

敦煌璀璨蕴华章，闻名遐迩誉四方。

飞架仙宫绝壁上，飘来栈道彩云中。

岁月悠悠喜迎宾，英姿飒爽自古今。

送别默默自凝神，思绪缠绵情意深。

仙姿玉体舞蹁跹，一泓碧水入画屏。

何处天涯何处情，绿茵广袤数呼盟。

千姿百态赏奇峰，飞瀑流泉叹武陵。

"忽如一夜春风来，千树万树梨花开。"

大漠幽深别有天，沙湖明珠绽奇观。

驼铃声声入歌弦，寻山问水忆阳关。

茫茫大漠气势雄，能伸能屈亦从容。

乾隆十五绣皇城，一座宏桥负盛名。

举目琼湖映蓝天，碧波浩渺韵无边。

瓮山秋韵醉重阳，金桂飘来阵阵香。

黄花遍野胜江南，塞北新姿丽山川。

序 言

喜欢古典诗词由来已久。早在大学读书的时候，虽然所学专业为经济学，但有时也借阅一些诗词书籍阅读。像曹操的《短歌行》、李白的《将进酒》、杜甫的《春望》、苏轼的《水调歌头（明月几时有）》、辛弃疾的《青玉案（东风夜放花千树）》、岳飞的《满江红（怒发冲冠）》、柳永的《雨霖铃（寒蝉凄切）》、李清照的《声声慢（寻寻觅觅）》、陆游的《钗头凤（红酥手）》以及毛主席的《沁园春·长沙》、《沁园春·雪》，等等，都是当时比较喜欢并经常默诵的诗词。

参加工作后，虽然很忙，但业余默诵诗词的爱好一直延续至今，一度能默诵几百首。原因是它曾给我带来无穷的乐趣，有时竟能产生意想不到的效果。每当工作生活中遇到不顺、心情烦躁的时候，默诵几首诗词往往能使你借鉴诗人的情怀，摆脱困惑；每当心血来潮、忘乎所以的时候，默诵几首诗词会帮你头脑冷静下来；每当精神有所懈怠、不思进取的时候，还可以从诗词的意境中受到鞭策，吸取到力量。这或许就是陶冶情操、净化心灵的作用吧！

退休后在老年大学先后跟徐咏春、高玉昆、李树先等老师学习了唐诗宋词及其诗词格律，并开始学习写作。过去习惯了普通政论文章的写作，讲究逻辑思维，要求文字朴实无华。而诗词则完全不同，它需要形象思维、艺术夸张、含蓄蕴藉。其中律诗则要求更高，它要求在一首诗中通过韵律（用韵）、声律（平仄）、联律（对仗）三个要素，把世界上最形象、最悦耳、最富表现力的汉语、汉字美

发挥到极其完美的水平。譬如一首七律，虽然只有 56 个字，但字字有讲究，句句求变化，错落有致，奥妙无穷。清朝顾文炜说"为求一字稳，耐得半宵寒"。唐代贾岛说"二句三年得，一吟双泪流"。可见，要创作出完全符合格律的诗词并不是轻而易举便可掌握的；而要创作出令人赏心悦目的作品更是难上加难。然而，世上无难事，只要肯登攀。在困难面前，不为退缩寻借口，常给成功找理由，主动给自己出难题、加压力，就这样终于完成了 400 余首诗词的创作。

诗言志，诗缘情。诗词的创作离不开时代，作品完全是有感而发。今天，一个生机盎然的社会主义中国已经巍然屹立在世界东方，13 亿中国人民正在中国特色社会主义伟大旗帜指引下满怀信心走向中华民族伟大复兴。我们成功举办北京奥运会、上海世博会；我们神十飞天、蛟龙探海，正一步步实现着中华民族的伟大梦想。我们党团结带领人民在中国这片古老的土地上，书写了人类发展史上惊天地、泣鬼神的壮丽史诗。我们伟大的祖国、伟大的社会，英雄辈出、欣欣向荣。每天所见所闻、感人肺腑的事迹层出不穷。心难静，笔难停。灵感出意境，情怀酿诗篇。《神州颂》这部诗词集就是在当今伟大时代的感召和鼓舞下，利用七八年的时间完成的。书稿虽然也做过反复修改，但水平有限，错误难免，敬请各位诗友批评指正。

诗词所用韵律为《中华新韵（十四韵）》。

另外，书中风光花卉照片，均系作者拍摄。

张长兴 2014 年 9 月

目录 CONTENT

目录 CONTENT

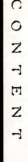

目录 CONTENT

CONTENT

目录

目录 CONTENT

神州颂

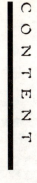

目录 CONTENT

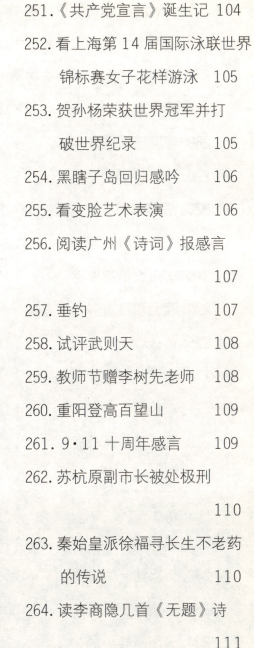

神州颂

目录
CONTENT

目录

CONTENT

目录 CONTENT

1. 新中国六十周年颂

大地神州卷巨澜，翻天覆地六十年。
改革踏上宏图路，开放迎来锦绣篇。
港澳回归湔雪耻，台澎翘首盼团圆。
艳阳高照乾坤朗，众志成城再举鞭。

2. 清平乐·首都赞

京城走遍，处处犹芳甸。小巷大街成彩卷，民众欢腾一片。　　京都古老文明，追随现代征程。吸纳八方宾客，和谐平等交融。

3. 改革开放三十年赞

春风沐浴化严寒，骇浪惊涛只等闲。
外汇储存登榜首，产值总量跃德前。
三农济世千秋梦，两保安民九域传。
志展宏图谋伟业，前仆后继勇登攀。

4. 西江月·喜迎奥运

奥运百年期盼，征程快马加鞭。

神州大地笑开颜，燕舞莺歌一片。

场馆千姿百态，如茵碧草蓝天。

五洲宾客大团圆，喜看争金夺冠。

5. 冬泳赞

狂风大作气严寒，扫雪砸冰战正酣。

浪里翻腾龙戏水，河边闪跳虎行拳。

红妆素面妖娆女，鹤发童颜硬朗男。

四九隆冬抒壮志，精神抖擞度余年。

6. 喜迎十七大

神州大地沐春风，万紫千红百事兴。

发展文明宏伟业，振兴经济惠民生。

和谐社会心情顺，美好家园气氛浓。

盛会群英谋远景，前仆后继踏新程。

7. 虎年贺两会

东风袅袅泛崇光，大地神州两会忙。
代表放开商大计，群贤深入议猷纲。
人民福祉前程远，社会和谐后世长。
众志成城跟党走，康庄大道奔吉祥。

8. 辉煌三十年

中华大地起波澜，回首征程转瞬间。
开放改革谋伟业，科学发展创新篇。
千姿百态高楼起，四面八方马路宽。
半载一年游境外，归来无处觅家园。

9. 奥运圣火颂

点燃圣火起征程，雅典神州织彩虹。
火炬光芒融世界，祥云图案展文明。
祥和跨越五洲路，友好通联四海程。
日丽风和迎远客，共襄奥运北京城。

10. 赞和谐

长江滚滚向东流，旭日东升照九州。
继往开来彰底蕴，兼容并蓄竞风流。
科学发展生机旺，开放改革活力遒。
内外和谐新贡献，瀛寰拍手赞鸿猷。

11. 国家大剧院 听《木兰诗篇》音乐会

长安大道展奇观，气势恢宏矗路边。
挚友相邀观首演，亲朋汇聚赏新篇。
男妆女扮千秋在，今古奇观九域传。
婉转悠扬声悦耳，谱成歌剧醉人间。

12. 游呼伦贝尔盟

茫茫原野碧如茵，点点穹庐醉客心。
天上白云书画卷，人间绿草会佳宾。
盛情难却丰腴宴，一醉方休月夜深。
昔日仁人寻马列，羊肠小道建功勋①。

---

①：当年革命仁人志士为寻求真理，逃避反动派的追捕，经常从呼盟的
海拉尔、满洲里出境到苏联。

13. 看黄帝陵古柏

探访文明西部行，秋高气爽谒黄陵。
一棵福寿参天柏，万丈吉祥映日红。
昔日轩辕栽幼树。今朝百姓赞神松。
根深叶茂精神好，胜过南山老寿星。

14. 游黄龙九寨沟

天公造化费思量，静谷蛟龙满乳黄。
瀑布条条银线落，瑶池片片玉盘镶。
湖边藏寨通仙境，山下神沟入画廊。
伊在花丛迎盛世，欢声笑语旅游忙。

15. 重阳登香山

和风细雨浥轻尘，红叶黄花格外新。
岁岁重阳今又是，芸芸老者已来临。
情高互勉崎岖路，兴至同攀幽径林。
藏在花丛留倩影，梦中探访烂柯人[1]。

5

①：见刘禹锡《酬乐天扬州初逢席上见赠》"怀旧空吟闻笛赋，到乡翻似烂柯人"。

16. 西江月·游绍兴沈园

6

唐陆沈园身影，仿佛来到桥边。柔情似水意缠绵，何以无端拆散？　　分手肝肠寸断，重逢更受熬煎。放翁白发续佳篇，但盼黄泉相伴。

17. 忆初访香江

风尘仆仆到香江，百感交集心底藏。
栉比高楼舒彩卷，腾飞车辆绘华章。
旅游胜景心神爽，购物天堂笑脸扬。
火热水深深几许，知音窃窃论端详。

18. 参观耶路撒冷感吟

在耶城参观后主人问我"你印象最深的是什么？"
答曰："三大教派世事相悖，但它们都诞生于此。"

乌云滚滚伴耶城，巴以纠葛难共容。
国恨家仇拼胜负，你来我往竞输赢。
和平相处康庄路，捐弃前嫌兄弟情。
但愿干戈能化解，早谋发展享繁荣。

19. 好望角眺望两洋交汇

浩渺烟波落日边，巍然屹立傲风寒。
双洋交汇蓝天下，一岬直插碧海间。
世上无心留险境，人间有意克难关。
常年纵令滔天浪，难阻五洲商客船。

20. 悉尼歌剧院感言

群帆碧海傲苍穹，乌氏雄心惹论争[①]。
墨守成规缺创意，标新立异展才能。
一生心血名声赫，半世含冤岁月情。
过眼浮云皆远去，巍然屹立笑时空。

---

①：悉尼歌剧院外形像"群帆泊港"。歌剧院是丹麦人乌松设计的，因当时有争议，以至于落成仪式上连乌松的名字都未提及。32年后乌松才迎来"迟到的荣誉"。

7

21. 观企鹅返巢

在澳洲菲律浦斯岛上，有成千上万的企鹅，白天赴南极海域觅得满腹鱼虾，经过长途跋涉，晚上返巢，喂养自己的子女，景色蔚为壮观。

醉态憨姿众万千，摇头摆尾展奇观。
长途跋涉艰辛路，胜利归巢大海边。
满腹鱼虾肥幼崽，合家欢乐渡华年。
企鹅母子真情在，恰似人伦誉世间。

22. 大学圆梦

学涯有路志登攀，跨越双三步履艰①。
四九隆冬勤背诵，三伏酷暑苦钻研。
孤灯奋战八年整，陋室攻坚万字间②。
天道酬勤酬几许，如鱼得水进燕园③。

①：指自学初、高中各三年的课程。
②：考大学前工作八年，期间自学不懈。
③：燕园即北京大学。

23. 大学同班重相聚

同窗好友四十名，昔日华年成老翁。
分手燕园曾壮志，重逢郑市又豪情。
离愁别绪衷肠热，塞北江南兴味浓。
且喜余生迎盛世，雄风老骥绣旗红。

24. 旅游感怀

一生饱览众河山，占尽风情心底宽。
九寨黄龙情脉脉，三潭印月意绵绵。
昆仑莽莽峥嵘险，沧海滔滔步履艰。
春夏秋冬皆有景，岭南塞北乐陶然。

25. 庆宋代商船重见天日

高宗时代木商船，海底沉眠八百年。
咫尺离家无觅处，天涯聚首有机缘。
寻踪遭遇艰难路，觅迹迎来锦绣篇。
喜见连城珍宝在，千年文物破谜团。

9

26. 诗趣

一樽美酒暖心房，酿首小诗献梦乡。
月影临窗生意境，蛩鸣悦耳递华章。
夜阑人静心潮涌，刮肚搜肠落笔忙。
虽未三年成二句，自吟自赏亦疏狂。

27. 八月十五抒怀

茫茫浩宇静千秋，孤寂蟾宫愈惹愁。
虽使梦中回故里，那堪醒后倚层楼。
悠悠岁月能成水，暖暖情丝可作舟。
闻道欲来华夏客，嫦娥惊喜泪双流。

28. 卜算子·挽罗阳

题记：2012年11月25日，歼—15战机研制现场总指挥罗阳殉职。26日，中共中央总书记、中央军委主席习近平作出重要指示，罗阳同志秉持航空报国的志向，为我国航空事业发展做出了突出贡献，广大党员、干部要学习罗阳同志的优秀品质和可贵精神。

碧海映蓝天，大业宏图献。
舰载雄鹰起落间，望尽平生愿。
梦断尚英年，赤子忠魂怨。
铁汉闻之泪也弹，天籁声声慢。

29. 喜看刘翔实现110米栏大满贯

神州大地乐开怀，喜看刘郎战擂台。
几代耕耘结硕果，百年奥运获金牌。
共商伟业宏图路，遴选高端旷世才。
但愿体坛花胜锦，嫣红姹紫报春来。

30. 岁暮感诗

老夫致仕享清闲，往事悠悠浮眼前。
明月清辉传翰墨，情丝万缕润心田。
今朝词就花间颂，明日诗成锦绣篇。
小酒一盅何所愿，自吟自赏乐陶然。

31. 中央领导同志北大调研有感

贵宾胜日莅燕园，双喜临门锣鼓喧。
仔细倾听陈善策，热情鼓励创佳篇。
继承历史名声远，活跃文坛立世间。
牢记师生责任重，人民利益大于天。

32. 端午抒怀

龙舟米粽过端阳，华夏情怀韵味长。
屈子为人多建树，楚王做事欠思量。
离骚传世星辰动，天问功高日月光。
唯有牺牲昭后世，汨罗饮恨永留芳。

33. 深切悼念王炎堂同志

赤子之心气自雄，峥嵘岁月伴长庚。
为官尽职一身正，做事清廉两袖风。
数据娴熟如字典，时局诊断胜郎中。
共事多年蒙教诲，音容笑貌印心胸。

34. 游青海湖

文成公主过湖边，进藏和亲泪眼涟。
昔日荒凉寻旧地，今朝美景话新天①。
黄花遍野江南景，绿谷狭长塞北篇。
百鸟如云鸣鼎沸，神山净土汇江源。

35. 游宁夏沙湖

大漠茫茫另有天，明珠镶嵌展奇观。
簇簇芦苇天仙女，座座沙丘英伟男。
鸟落湖边情脉脉，鱼翔水底意绵绵。
天公赐我情中景，塞北江南誉世间。

①：唐贞观十五年文成公主进藏和亲，路经此地，山高风急，荒无人烟。

36. 忆王孙·游月牙泉

　　茫茫大漠漫无边，四面沙山另有天。
新月忽然入眼帘，细弯弯。脉脉含情誉
世间。

37. 话养生

人生养老忌忧伤，快乐勤劳喜气扬。
五谷杂粮多有益，山珍海味少无妨。
人间只有百年寿，世上从无万岁方。
识破红尘知妙处，终归冥府胜仙乡。

38. 忆峥嵘岁月

昔日金秋喜气洋，身肩重任赴香江。
和谐共事情怀满，战斗相依日夜忙。
强将多谋施妙计，精兵骁勇创辉煌。
终身难忘时光好，小酒闲来笑语长。

39. 北京奥运开幕式赞

大幕启开舞巨龙，鸿篇浩卷似潮涌。
文明古老情怀满，锐意创新韵味浓。
昔日无缘怀旧梦，今朝有幸展新容。
京华大地春风暖，夺冠争金绘彩虹。

40. 北京奥运盛况

北京奥运气恢宏，喜获八方赞叹声。
场馆雄姿惊世界，市容新貌傲天庭。
争金夺冠豪情展，竞技安排笑脸迎[①]。
如梦佳期成密友，满怀热火奔前程。

---

①：本届奥运会以破38项世界纪录、85项奥运会纪录的优异成绩，创造了历届奥运会之最。

41. 看残奥会有感

金秋胜日喜相迎，四海宾朋聚北京。
莫让身残留憾恨，要凭意志创奇能。
泳池较量惊人举，球场英姿气势雄。
但愿古都留梦幻，安康幸福伴终生。

42. 赞腾格里大漠防沙术

黄河咆哮势无前，大漠孤烟入眼帘[①]。
可叹金田多广袤，那堪沙海少甘泉。
狂风常伴千尘嶂，暴雨难留半尺潭。
今日发明沙止术，来年姹紫又红嫣[②]。

43. 忆江南·一朵小花

岩石缝，一朵小红花。黑夜茫茫堪寂寞，白天
鼎沸耐喧哗。何必要人夸。

---

①：王维"大漠孤烟直，长河落日圆"的诗句即描写此地。

②：这里发明了埋麦秸防治沙漠的方法，受到联合国的表彰，堪称世界一流。

44. 如梦令·扬州瘦西湖

漫步瘦西湖畔，忽忆杜郎声唤。绕道小桥旁，却见玉人芳甸。应慢，应慢，但愿与花相伴。

45. 赞老年大学

一生敬业憾无穷，致仕闲暇未放松。
余热尚温涂彩卷，夕阳虽晚染霞红。
诗词意促精神爽，书画情牵兴味浓。
莫道桑榆时日短，雄风老骥献豪情。

46. 有感于陈水扁被收押

特权豁免付东风，阿扁收押正视听。
两届廉洁跌谷底，八年贪腐创高峰。
妄图实现"台独"梦，策划阴谋过眼空。
善恶到头终有报，监牢寂寞度余生。

47. 贺首个全民健身日

辉煌奥运满周年，首立佳节掀巨澜。
塞北高原擂战鼓，江南大地舞翩跹。
健身习武千秋业，竞技文明万众欢。
乐业安居多百岁，阳光普照胜南山。

48. 国庆阅兵抒怀

京华亮剑展雄风，威武之师气似虹。
铁马轰鸣惊大地，神鹰呼啸震长空。
国防大计千秋业，经济宏图四化程。
万丈长缨牢在手，金汤永固享和平。

49. 贺两会胜利召开

春风送暖满朝阳，胜日京华喜事忙。
各路精英商大计，八方代表议猷纲。
科学发展千钧力，社会和谐万世长。
众志成城抒壮志，前仆后继创辉煌。

50. 贺中国短道速滑女队包揽冬奥会四枚金牌

冰坛奥运战群雄，五朵金花掀飓风。
少帅多谋施妙计，爱徒骁勇立奇功。
终圆梦想鳌头占，首获玄机耀眼明。
今日辉煌成历史，来年再献满堂红。

51. 贺上海世博会开幕

京华奥运梦方圆，上海迎来姐妹篇。
世界文明传异彩，神州智慧递新颜。
雄姿恰似盆中景，壮阔犹如世外天。
毕至群贤开眼界，学习借鉴勇登攀。

52. 贺地铁四号线通车

京华日日变新容，国庆佳节四线通。
笑语欢声乘首列，成群结队跨皇城。
八方聚会通衢广，四面迎来便利行。
伟业千秋织锦绣，康庄大道奔前程。

53. 贺西藏百万农奴解放五十周年

时光回放五十年，雪域高原卷巨澜。
百万农奴终解放，冥顽霸主被掀翻。
当年桎梏千般苦，今日和谐万众欢。
达赖存心图复辟，犹如蚍蜉撼青山。

54. 贺第十一届全运会

金秋胜日聚泉城，各路豪杰展内功。
一马当先刷纪录，八仙过海显神通。
强身健体千秋业，竞技文明万事兴。
齐鲁东风吹大地，神州体育更繁荣。

55. 贺中国女子冰壶队首获世界锦标赛冠军

百年奥运梦方圆，一片冰壶起巨澜。
欧美风靡超百岁，中华组队仅七年。
平时训练千般苦，赛场迎来万众欢。
华夏欢腾夸少女，风流倜傥创新篇。

56. 贺两岸三通

一轮红日耀长空，两岸三通已放行。

自古台澎归赤县，那堪宝岛放浮萍。

直航省却千余里，绕道空飞半日程。

吉日良辰圆大业，九泉尺素慰平公[①]。

57. 玉树抗震救灾感赋

山崩地裂重灾前，万马千军总动员。

舍死忘生钻瓦砾，临危授命战高原[②]。

英明校长蜚声远[③]，志愿同胞立世间[④]。

大爱无疆多少事，感天动地谱新篇。

---

①：平公即邓小平同志。

②：指高原缺氧。

③：玉树县第一民族中学值班校长严力多德4月14日5：40分被地震摇醒后，把全校880名学生和5位老师召集到操场晨读，结果随后发生的大地震全校师生安然无恙。

④：香港同胞黄福荣在当地孤儿院作义工，他救出一名教师后，折返救助3名孤儿时又发生6.3级余震，他将3名孤儿推到安全地方，自己不幸遇难。

58. 废墟定可换新颜

天灾顷刻毁家园，玉树人民意志坚。
眼泪擦干抒壮志，胸膛挺起克难关。
神州姊妹五十六，海外同胞三百千。
众志成城重抖擞，废墟定可换新颜。

59. 九日抒怀

秋风袅袅又重阳，满目黄花阵阵香。
开放改革迎伟业，科学发展创辉煌。
尧年济世新兴路，舜日安民寿命长。
喜见小康抛旧貌，老来幸遇好时光。

60. 巴黎一日游

登高满目景纷纷，鸟瞰巴黎耳目新。
门阔雄威歌胜利，塔高壮丽伴青云。
卢浮宫里珍藏重，博物馆中学问深。
塞纳龙舟行晚宴，佳肴美酒沁人心。

61. 颐和园偶感（五首）

（一）春雨

知时好雨浥轻尘，山光湖色气象新。
翠柳有情轻曼舞，苍松会意颂阳春。

（二）芙蓉

亭亭玉立露娇容，淡淡清香粉透红。
蒲苇相依浑似醉，轻声细语诉柔情。

（三）暮景

昆明湖水映西山，向晚红霞吻玉泉①。
秀丽西堤桥六座，凭栏眺望胜江南。

（四）桂花

国庆中秋喜遇双，微风袅袅散清香。
湖边百态金银桂，吉日良辰献锦妆。

①：玉泉即玉泉山。

（五）残荷

飒飒秋风气渐寒，芙蕖秀丽变凋残。

枯枝漫道芳菲尽，鲜藕丰姿胜雪莲。

62. 佳节天伦醉

合家欢聚坐前庭，室内鲜花气氛浓。

姐弟高声谈股市，婿翁细语话楼情。

分别送旧一年景，相会迎新三代情。

日子舒心人惬意，天伦和睦乐融融。

63. 忆燕园

风华正茂进燕园，美好时光满五年。

万卷诗书经眼底，一窗日月醉心间。

用功获取江郎笔，敬业迎来锦绣篇。

老骥心雄前路远，时常忆起翠湖边[①]。

————————

①：翠湖指未明湖。

64. 悼念罗京同志

梧桐细雨夜丁冬，噩耗传来泣诉声。
专业专心无病语，多才多艺有殊荣[①]。
新闻点点千家赞，评述滴滴众客崇。
锦绣前程春正好，英年驾鹤逐仙翁[②]。

65. 赞老干部活动站

和谐盛世暖人心，志趣情怀无以伦。
舒适设施迎贵客，优良服务送温馨。
棋牌娱乐天天爽，书报学习日日新。
爱好虽别皆尽兴，一年四季总如春。

---

①：据报道，罗京从事播音工作26年来，无一差错。
②：见李觏《晚秋悲怀》"壶中若逐仙翁去，待看年华几许长"。

66. 虎年贺两会

春回大地沐东风，两会京华绘彩虹。
四路精英商妙计，八方代表议宏程。
虎年拟就科学路，辛卯迎来阔步行。
民众欢呼称盛世，神州大地看龙腾。

67. 热烈庆祝中国共产党成立九十周年

破雾穿云气势雄，茫茫黑夜矗明灯。
千秋巨变山川动，一统金瓯举世惊。
开放改革迎旭日，科学发展踏新程。
风调雨顺春正好，伟业前程火更红。

68. 放风筝

湖光山色近清明，向晚红霞扮太空。
乳燕轻歌歌盛世，苍鹰曼舞舞龙腾。
一绳送往祥云里，双翅飞回图画中。
心血来潮操旧业，儿时梦幻又重逢。

69. 读李凯同志大作有感

李凯同志现已 88 岁高龄，近年来陆续出版了几部著作，孜孜不倦，令人敬佩。

刀光剑影铸英雄，岁月峥嵘总是情。
大作篇篇昭后世，犀文句句见忠诚。
雄风依旧肝肠热，老骥图新兴趣浓。
失侣悲伤前路远，旌旗誓语伴君行[①]。

70. 贺田启亚同志荣获"新中国诗词三百家"

田兄喜获此殊荣，无愧骚坛赋盛名。
万卷诗书陪晓夜，一窗日月寄深情。
争奇斗艳芬芳曲，妙笔生花韵味浓。
枥骥雄心今犹在，挥毫泼墨笑平生。

①：李凯同志的爱人前几年因病去世。

71. 诗谢赵冠琪等同志

和谐盛世荡心胸，落笔成诗愁五更。

词句编排开郁悒，个中奥妙挑明灯。

小诗拙笔春风剪，格律成型韵味浓①。

但愿情深能破晓，花痴亦可绽篱东。

72. 读《海棠书屋诗稿》有感②

海棠诗稿似春风，袅袅清醇荡吾胸。

巨笔凌云书盛世，柔声细语咏民生。

江南小曲情怀满，塞北长歌韵味浓。

老耄之年迷李杜，骚坛趣事乐无穷。

①：见贺知章《咏柳》"不知细叶谁裁出？二月春风似剪刀"。

②：2010年11月8日，杨志远兄送我一本他刚出版的诗集，名为《海棠书屋诗稿》。

73. 悼念萨马兰奇先生

京华奥运梦终成，伟业常常忆萨翁。
世界体坛挥巨手，奥林匹克创高峰。
五湖四海胸怀广，万古千秋盖世功。
老骥雄风心志远，祥云驾鹤去壶中[①]。

74. 深切悼念沈安娜同志

姑苏盛夏识君颜，干练精明见眼端[②]。
智勇双全钻虎口，丹心一片战龙潭。
刀光剑影神情稳，岁月峥嵘意志坚。
脚踏祥云乘鹤去，一生光彩耀人间。

---

①：见李觏《晚秋悲怀》"壶中若逐仙翁去，待看年华几许长"。

②：1985 年在苏州与沈安娜同志相识。

75.香格里拉藏寨

边陲藏寨似天堂，世外桃源誉四方。
草甸冰川别画卷，森林峡谷觅幽香。
和谐宁静宜居地，浴日沐风长寿乡。
昔日红军急北上，玉龙护佑渡金江^①。

76.海南游

风情别致盛名传，结伴呼朋漾笑颜。
翠绿椰林成画卷，湛蓝大海靓瑶天。
论坛度假博鳌镇，游览休闲五指山。
景色迷人春正好，珍馐美味更垂涎。

———————————

①：当地群众传说，红军北上时受到了玉龙雪山的保护。

77. 布达拉宫抒怀 ①

当年松赞娶新娘，巧匠能工献锦妆。
圣殿巍峨惊世界，祥云闪耀润华章。
和亲留下温馨梦，睿智迎来笑语长。
昔日心酸多少事，佛门今日享安康。

78. 唱红歌感言

高歌传唱似春风，眨眼神州一片红。
曲调悠扬声悦耳，词文清丽韵抒情。
五湖四海音波送，万户千家笑脸迎。
年事虽高怀往事，儿时几首尚能哼。

①：布达拉宫系七世纪时，藏王松赞干布为迎娶文成公主而修建。

79. 健康养生经

复兴伟业暖心胸，勇往直前妙养生。
奋斗不停心有志，学习进取乐无穷。
白头勿忘家国事，赤子常怀儿女情。
若问仙丹长寿药，清心寡欲叹神功。

80. 元宵节

火树银花不夜城，隆隆鞭炮动苍穹。
嫦娥鸟瞰声声赞，玉兔回眸脉脉情。
岁岁习俗承古韵，年年庆典载新容。
和谐大路人称颂，企盼小康火更红。

81. 访革命圣地延安

梦圆思绪忆峥嵘，触景生情谒圣城。
窑洞修文传马列，延河习武炼雄兵。
千秋巨笔辉煌路，一统金瓯大业成。
艰苦卓绝功盖世，精神永葆奔新程。

82. 听于丹老师诗词讲座

黄金长假候荧屏，场面清新气氛浓。
诗圣诗仙情有志，名篇名句韵无穷。
千年瑰宝连珠泻，百位骚坛妙趣生。
闭目凝神心欲醉，余音袅袅胜陶翁。

83. 昌平草莓博览园

数九寒天气象新，大棚迓客献温馨。
白花朵朵迎人笑，红果累累情意真。
立体栽培开眼界，弄成天瀑长精神。
京郊广袤八方景，装点人间四季春。

84. 老学童

雄风老骥胜陶翁，刻苦钻研步未停。
看报开心心有志，读书获益益无穷。
吟诗回味精神爽，学画剖析兴味浓。
莫道黄昏时日少，白头不倦胜学童。

85. 报春腊梅

大地茫茫雪未融，幽篁脚下露新容。
春寒有意清风起，乍暖无声笑脸迎。
不与百花争艳丽，但求一技竞头名。
人间万物君休问，斗艳争奇各有情。

86. 悼念田启亚社长

勤奋耕耘乐未穷，桑榆诗社有殊荣。
泛舟书海胸怀广，舞墨骚坛意兴浓。
万丈豪情歌盛世，一支健笔颂龙腾。
忽然驾鹤君仙去，痛使亲朋热泪盈。

87. 三农迎春曲

春回大地舞龙腾，热火朝天气势雄。
改造农田谋大业，兴修水利创辉宏。
耕牛告退千年事，铁马担当百万兵。
惠曲高歌声悦耳，金秋五谷盼丰登。

88. 贺离退休摄影协会成立

影协成立趣无穷，白发苍苍觅彩虹。
塞北江南拍妙景，长枪短炮练奇功。
夕阳无限黄昏颂，余热生辉耀眼明。
盛世中华春在手，远山近水觅芳踪。

89. 向当代雷锋郭明义致敬

一座丰碑立世间，重温题字五十年。
雷锋留下英雄志，明义发扬意志坚。
雨露滴滴亲大地，阳光缕缕润心田。
人间只要真情在，社会和谐壮昊天。

90. 品茗

湖光山色郁葱葱，觅得茶楼好品茗。
明目提神留正气，疏肝养胃润心胸。
师兄吟咏神州颂，学妹放歌盛世情。
环境清新游兴尽，夕阳铺路送归程。

91. 龙年贺两会

一年一度喜相逢，大地回春气氛浓。
两会聚焦谋伟业，全神关注惠民生。
去年创下丰功业，今岁迎来锦绣程。
步步为营操胜券，中华儿女铸恢宏。

92. 抒晚情

老夫幸遇好时光，两鬓斑白昼夜忙。
心系民生歌盛世，情牵伟业著华章。
去年参罢诗词展，今岁迎来书画廊。
莫道桑榆来日少，雄风犹在胜儿郎。

93. 重读《贫女》感吟

贫诗意蕴世无双，岁月悠悠绕耳旁。
误认仲明为靓女，原来韬玉乃儿郎[①]
未经及第高官做，更获御批势气扬。
附势权臣心悟透，连珠妙语永流芳。

①：秦韬玉字仲明。

94. 吟柿子树

世间万物有灵通，栽种三年挂彩虹。
每遇阳光出笑脸，常迎雨露寄深情。
枝繁叶茂一身绿，硕果丰姿满树红。
默默无声勤奉献，知恩图报献忠诚。

95. 春雪落京城

知时瑞雪落京城，一夜黎明现雾凇。
玉树琼枝妆世界，银装素裹靓长空。
春风阵阵禾苗壮，秋雨绵绵物产丰。
民众欢呼夸美景，龙腾盛世乐苍生。

96. 读李清照诗词感怀

自幼熏陶意兴浓，耳濡目染润心灵。
凛然大义情怀满，蜜意柔肠韵味浓。
国破诗含忧大宋，家亡词隐念明诚。
一生坎坷留佳作，万代千秋誉盛名。

38

97. 春运感怀

神州盛事现奇观，涌动人潮过大年。

万众一心谋快步，千方百计促团圆。

风霜雨雪何言苦，倾诉别离似蜜甜。

胜日情深深几许，阖家欢乐奏和弦。

98. 赞农民工

家境贫寒去务工，怀揣梦想隐胸中。

埋头走上发家路，勤奋学来致富经。

赚得小楼如鹤立，赢来大智胜龙腾。

春风吹进山沟里，云消雾散现彩虹。

99.参观西柏坡七届二中全会旧址感言

旭日东升映彩虹，进京赶考步新程①。
提出"糖弹"一生警，力劝廉洁两袖风。
未雨绸缪呼"务必"，殚精竭虑为民生。
九十华诞辉煌路，勿忘伟人盖世功。

100.贺《富春山居图》合璧展

驰荡东风春意浓，黄公巨作喜相逢②。
隔山隔海一幅画，相靠相依两岸情。
彩卷分离丝未断，丹青合璧露尊容。
和平一统功成日，瑰宝团圆庆大同。

---

①: 毛主席在七届二中全会上提出了两个"务必"和"糖衣炮弹"的警示，在 1949 年 3 月 23 日还对身边的人说："今天是进京赶考嘛，精神不好怎么行呀？我们决不当李自成，我们都希望考个好成绩。"

②; 黄公望，常熟人，元四大家之一。晚年"卧青心，望白云"，深入到大自然中体悟，花了七年的时间完成了《富春山居图》，将富春江两岸数百里精粹收聚于笔下。后分为两段，一段藏于大陆，一段藏于台湾。2011 年 6 月，终于在台北"故宫博物工院"举办"合璧大展"。

101. 祝玉树新生

重来墓地祭英灵，昔日废墟成锦城。
一处遭灾终有限，八方赞助力无穷。
相援创下温馨路，对口迎来兄弟情。
新市两年重屹立，青山绿水更葱茏。

102. 贺我奥运战绩辉煌

中华儿女气恢弘，壮志凌云立战功。
雅典争先荣榜眼，京华奋勇跃头名。
强身习武辉煌路，竞技文明锦绣程。
欲借东风吹大地，春风化雨闹龙腾。

103. 举重若轻刘春红 ①

英姿飒爽露娇容，奥运家门立大功。
齐鲁芳龄佳丽女，超级力士盖群雄。

————————

①：北京奥运会上，25岁的山东姑娘刘春红以五次打破三项世界纪录的优异成绩获得69公斤举重冠军，成功卫冕，并迄今22次打破世界纪录，因而被国际举联授予"百年最佳"举重运动员。

104. 贺神七发射成功

欣逢盛世业兴隆，禹甸神七上太空。
二弟出仓学舞步，三兄入室练轻功。
牛郎送去银河酒，织女迎来华夏情。
待到来年别墅建，宾朋坐客醉前庭。

105. 中央领导同志到颐和园与民同乐

秋高气爽映蓝天，国庆佳节漾笑颜。
五彩缤纷迎贵客，八方同乐谱新篇。
依依垂柳欢欣舞，袅袅微风喜信传。
古老园林逢盛世，瓮山巨变靓尧天。

42

106. 基辛格新著感言

风云变幻忆征程，寒雨潇潇送暖风。

密访成功施妙计，邦交实现立奇功。

晚年续写神州赋，往事新吟世纪情。

米寿高龄添厚礼，累累硕果誉平生①。

107. 摄影旅游乐

旅游摄影遍神州，地北天南数码收。

避暑山庄无漏景，天涯海角有筹谋。

人间胜境一一照，世上奇观处处留。

他日键盘敲两下，激情荡漾喜回眸。

---

①：2011年5月17日基辛格《论中国》在美出版，10天后就是他88岁（即米寿）的生日，此书无疑成了献给自己大寿的厚礼。

108. 学诗感赋

诗词咏罢醉心间，落笔方知蜀道难。
贾岛三年成妙句，顾生一字耐宵寒[①]。
先人创作成功路，后辈学习借力攀。
不怕老翁来日短，痴迷入境乐陶然。

109. 读杜甫诗有感

一生坎坷路难行，井冻衣寒杜少陵。
历史兴衰诗有证，文思变幻妙无穷[②]。
黎民疾苦篇篇见，大义胸怀句句情。
野老毫端扬正气，骚坛格律创高峰。

---

①：唐贾岛《题诗后》"二句三年得，一吟双泪流"；清顾文炜《苦吟》
"为求一字稳，耐得半宵寒"。

②：见陈人杰《沁园春》"杜陵老，向年时也自，井冻衣寒"。

110. 游张家界

神州广袤有奇峰，飞瀑流泉叹武陵。
玉笋千姿插谷底，葱茏百态傲苍穹。
画廊十里精神爽，曲径八沟兴味浓。
五彩缤纷天赐我，寻山问水乐无穷。

111. 有感于吉利收购沃尔沃

中国民营企业吉利以18亿美元收购瑞典沃尔沃100%的股权，特赋诗一首。

东风袅袅泛崇光，吉利迎婚金发娘。
英俊华哥心志远，多情靓妹眼光长。
来年祝贺生孺子，今日择邻落亦庄。
国际联姻欢乐事，宾朋祝贺降吉祥。

112. 孙彪参加趣味运动会感言

红旗漫卷忆长征，艰苦卓绝踏锦程①。
自幼自觉听党话，一心一意献忠诚。
白头不减英雄志，赤子长怀战士情。
岁暮之年逢盛世，东篱把酒胜陶翁。

113. 读李白诗有感

风流倜傥醉诗仙，佳句名篇万口传。
问水寻山夸天下，走南闯北探诗泉。
奇思妙想超千首，梦笔生花洒九天。
今日骚坛逢盛世，借来共庆百花园。

---

①：孙彪同志是长征干部，今年已94岁高龄，精神矍铄，身板硬朗，小诗一首，祝他健康长寿。

114. 玉树灾后路更宽

玉树天灾顷刻间，五洲四海识君颜。

皑皑瑞雪尘寰净，朵朵祥云瑞气添。

名犬藏獒威世界，神虫夏草胜仙丹。

疮痍满目春风过，致富宏图路更宽。

115. 老翁迷电脑

苍颜皓首步蹒跚，陋室痴迷电脑研。

屏幕可穿千里路，鼠标能越万重山。

登机创作花添锦，上网查询杨远帆。

莫道老翁来日短，新潮入境亦延年。

116. 香椿颂

苍颜老树好心灵，默默一身为奉公。

稚嫩新芽先奉献，秃枝旧杈后重生。

荒坡野岭时常见，沃土良田却无踪。

叮嘱子孙尊古训，千秋万代献忠诚。

117. 登高赏雪

黑云密布北风凉，半夜忽然变素乡。
满目仙姿升瑞气，一尘不染降吉祥。
皑皑白雪尘寰净，座座青山淡雅妆。
又是丰年时令好，康庄大道满朝阳。

118. 喜迎新邻

四月初，一双喜鹊在社区楼间的小树上筑巢做窝、生儿育女，如此近距离，非常罕见，特赋诗一首。

春风沐浴满朝阳，花草萌芽淡淡香。
上下翻飞寻妙处，进出忙碌筑新房。
生儿育女家丁旺，雨后新枝喜气洋。
社会和谐闻雀喜，人间万事化吉祥。

47

神州
颂

119. 悼念舟曲英灵

国旗半降祭英灵，四面飘来哽咽声。
血泪擦干鸣号角，胸膛挺起战苍龙。
千秋笔写英雄谱，一卷诗吟盛世情。
多难兴邦重抖擞，神州圣地更葱茏。

120. 岁月抒怀

光阴荏苒情依旧，只是朱颜难久留。
岁月峥嵘思逸事，驱驰风雨欲回眸。
忠心耿耿风云对，热血篇篇壮志酬。
云鬓成霜诗二首，终生无悔赋春秋。

121. 看南非世界杯有感

足坛盛宴聚豪门，天下争雄大力神[①]。
鼎沸潮狂惊世界，雷鸣闪电震国人。
绿茵赛场桑巴舞，红色看台号角闻。
慨叹中华局外客，何时虎啸伴龙吟[②]。

122. 有感于山西王家岭矿难

黑云密布路难行，矿难袭来遇险情。
抢救科学出妙计，齐心协力巧施工。
顽强信念超八日，脱险成功过百名。
教训惊魂牢记取，平平淡淡亦奇雄。

49

50

123.第十四届青年歌手电视大奖赛

青年歌手百余名，盛夏时节聚北京。

设下擂台争胜利，荣登赛场竞头名[①]。

歌喉高亢声音亮，婉转低回韵味浓。

五彩缤纷人荟萃，星光大道奔前程。

124.汶川"5·12"三周年祭

无疆大爱显神通，万众一心绘彩虹。

世上灾情情有志，人间暖意意无穷。

雕梁画栋精诚作，百态千姿耀眼明。

对口相援新创举，感天动地祭英灵[②]。

---

①：大赛分美声、民族、流行、原生态四种唱法。

②：汶川地震后19个省市对口支援，三年内在13万多平方公里的土地上，为近2000万的受灾民众重建家园，世界为之震撼。

125. 五十年后重相聚

燕园分手各西东，岁暮情缘聚汴京。
奋斗一生结硕果，同窗五载孕深情。
酸甜苦辣心扉敞，谈笑风生趣味浓。
但愿来年常聚首，乡间小住醉朦胧。

126. 祝老伴八十华诞

相濡以沫六十年，稼穑艰辛腰累弯。
半世贫穷愁饭菜，一生勤俭补衣衫。
子孙孝敬福如海，淡饭粗茶寿比山。
吉日良辰难尽意，吟诗两首贺陶然。

127. 忆童年

一生美妙忆童年，快乐无忧好自然。
绿树林高尝野味，青纱帐远品瓜甜。
砍柴筐满河中戏，放牧工收巷里玩。
夜晚更深常有梦，儿时伙伴又村前。

51

128. 鸣沙山月牙泉感赋

天公造化现奇观，大漠孤泉化美谈。
清水一弯明有月，黄沙四面漫无边。
千秋为伴情怀暖，万代相依分手难。
只要有缘来世上，和谐便会暖人间。

129. 拉萨圣城礼赞

云边河畔日光城，雪域夕阳分外红。
朵朵祥云含圣殿，巍巍古刹揽新城。
佛门净土经声远。普度众生事业兴。
最是春风能化雨，黎民百姓喜盈盈。

130. 南非足球世界杯感赋

闻名遐迩属南非，首度迎来世界杯。
三个首都无厚重，十多语种有依规^①。
钻石盛誉名声远，动物天堂众望归。
踏上彩虹观赛事，足球盛宴享涎垂。

131. 端午抒怀

龙舟米粽忆屈原，世代风行赞圣贤。
歌颂忠良昭后世，鞭笞奸佞震谗言。
离骚韵味千秋颂，天问情怀九域传。
受辱蒙冤终自了，凛然大义对苍天。

---

①：南非有三个首都：行政首都比勒陀利亚、立法首都开普敦、司法首都布隆方丹。南非共有80多种语言，宪法明确规定的官方语言达11种。

54

132. 颐东苑社区赞

瓮山脚下靓颐东，鸟语花香春意浓。

道路两旁杨树绿，房屋前后牡丹红。

健身设施堪专业，服务温馨享盛名。

养老居家多美好，和谐幸福乐融融。

133. 参观敦煌莫高窟有感

　　莫高窟始建于公元 366 年，共有洞窟 492 个，彩塑像 2415 身，其壁画规模宏大，一米宽的壁画拉长可达 50 公里，可惜宝藏三分之二被英美等列强抢掠。

敦煌向往几十年，顷刻飞来入眼帘。

正是明珠镶大漠，并非蜃景落荒原。

绝伦壁画名声远，彩塑金身立世间。

古老文明遭抢掠，幸存孤影泪潸然。

134. 祝胖仔减肥成功

无虑无忧奈我何，登机上网任蹉跎。
佳肴美味难离口，习武强身不动窝。
年纪轻轻成胖仔，路长漫漫怎消磨。
迷途知返臃肿客，不日神奇又帅哥。

135. 西瓜赞

琼浆玉液众人夸，汉代非洲传到家①。
黑籽红瓤承旧土，黄花绿蔓卧新沙。
严冬吃上棚中果，酷暑品尝地里瓜。
味道不同形态美，黎民百姓笑哈哈。

————————
①：西瓜是汉代时由非洲传入我国的。

136. 咏酒

兰陵美酒郁金香，玉碗盛来琥珀光①。
酷暑一樽清肺腑，严冬两盏暖心房。
杜康化解愁肠事，陈酿激发斗志昂。
品到八成无限好，贪杯却可把身伤。

137. 观快乐小麻雀偶感

麻雀生来爱自由，笼中圈养死方休②。
当年屈划名声错，今日甄别教训收。
愚昧无知终过去，科学有智已绸缪。
沧桑岁月人终悟，万事和谐乐九州。

———————

①：借用李白诗句。

②：麻雀具有"不自由，毋宁死"的品性，所以笼中是养不活的。

138. 消夏北戴河

北戴河边去纳凉，丛林下榻小红房。
微风阵阵心神醉，碧水蓝蓝闹海忙。
浪谷波峰轻曼舞，细沙仰卧沐阳光。
谁说酷暑难消夏，此处休闲胜四方。

139. 游北宫山庄森林公园

京郊览胜走南城，一座园林誉盛名。
袅袅微风轻曼舞，潺潺溪水荡歌声。
适才赏尽江南秀，旋又迎来燕北峰。
盛夏休闲添妙处，京华处处换新容。

140. 有感于西方金融海啸

黑云密布北风寒，次贷危机酿祸端。
企业关张谋饭碗，银行兼并渡时艰。
工人失业风潮起，财长筹钱揽客难。
纵令八方寻妙计，依然未见艳阳天。

神州颂

58

141. 赏 荷

瓮山脚下沐微风，柳暗荷鲜绘彩虹。
淡淡清香扬绿伞，亭亭俏丽献橙蓉。
黑泥难染仙姿体，白藕生来玉璧容。
夜幕降临星渐起，依依不舍满深情。

142. 游悬空寺抒怀

恒山五岳寺悬空，北魏时年落大同①。
飞架仙宫绝壁上，飘来栈道彩云中。
修行未必寻佳境，游览却须登险峰。
古往今来成正果，无疆大爱显神灵。

---

①：悬空寺位于北岳恒山天峰岭与翠屏山之间的峡谷中，始建于北魏晚期，最高处距谷底50余米，现存建筑40余间。

143. 重阳节抒怀

秋高气爽又重阳，遍地黄花分外香。
人寿年丰传喜讯，欢声笑语奏华章。
桑榆暮景雄心壮，皓首穷经士气昂。
悟透骚坛迷李杜，感时妙笔入诗囊。

144. 家乡咏

滹沱河畔吾家乡，沃土良田奔富强。
名贵杂粮扬九域，珍稀瓜果誉八方。
千台机械秋收响，万担粮食库里藏。
日暮黄昏炊雾起，佳肴美酒喜洋洋。

60

145. 西双版纳傣族风情

飞越蓝天落景洪，风光满目异域情。

妙龄少女长裙艳，稚嫩童僧短褐红[①]。

吊脚楼中藏古韵，椰林伞下露新容。

神州姊妹如相聚，胜似瑶台月下逢[①]。

146. 游延庆百里画廊

延庆山高水又清，风光旖旎伴秋风。

千年潺水风姿远，百里画廊仙境中。

飞瀑流泉如九寨，层峰峡谷胜巴陵。

远离闹市喧嚣远，心旷神怡似醉翁。

---

①：这里有儿童出家修行的习俗，所以在街上经常看到身披袈裟的孩子。

②：见李白《清平调词三首》之一"若非群玉山头见，会向瑶台月下逢"。

147. 美军败走伊拉克有感

弱小无端受侮凌，强权施暴罪难容。

枪林弹雨腥风起，断壁残垣泣诉声。

血迹斑斑含诟辱，伤痕累累刻心胸。

西风残照骄兵败，绞索条条梦断中。

148. 教师节感怀

三尺讲坛迎众生，书声琅琅蜡烛红。

身传知识勤为径，师表为人德重行。

万卷诗书融细雨，一窗日月化和风。

枝头硕果情怀满，桃李芳菲两袖清。

149. 游千岛湖

群山荟萃沐朝阳，郁郁苍苍披锦妆。

济世安民兴水利，改天换地富钱塘①。

千姿玉笋扬帆竞，百态芭蕾献艺忙。

翠岛湖澄奇妙景，瑶琳仙境美名扬。

———————————

①：兴水利即新安江水库，钱塘即钱塘江及其支流新安江、富春江。

150. 中秋感赋

皓月当空气象明，良宵把酒念亲朋。

声声高唱相思曲，阵阵低吟骨肉情。

两岸三通终起步，四年五载上新程。

何时陆岛乌云散，游子归来谒帝陵。

151. 喜闻腾格里大漠成功创建蔬菜大棚

茫茫大漠现奇观，滚滚黄沙绽笑颜。

创建大棚谋富路，改良土壤奔丰年。

宏图设计胸怀广，伟业研发壮志篇。

无限征程时令好，齐心协力建家园。

152. 种瓜

春回大地沐东风，种子知时破土生。

一片小园情缱绻，两畦瓜果意朦胧。

黄花绿蔓心中景，白果红边眼里容。

稼穑谁知辛苦事，迎来收获醉心胸。

153. 退休感怀

岁月如梭两鬓斑，离群枥骥亦陶然。
寻游山水夸佳境，饱览群书颂盛年。
四海风云情义在，五洲变幻梦魂牵。
凌云健笔平生志，新韵春风作赋篇。

154. 金秋颐和园

秋风送爽满朝阳，金桂飘来阵阵香。
广场人群轻曼舞，园亭票友醉皮黄。
东非南亚虬髯客，北美西欧金发娘。
古老园林名四海，文明礼貌待八方。

155. 游泳自画像

皓首苍颜一老翁，江河湖海胜蛟龙。
创新花式招招妙，传统丰姿样样精。
仰卧波峰随浪起，潜航谷底伴鱼行。
闲庭信步回眸望，戏水终生总是情。

63

156. 有感于智利矿工平安获救

智利宾朋遇祸端，令人牵挂把心悬。

一方有难齐努力，四面无私总动员。

生死攸关情义重，争分夺秒里当先。

无疆大爱神州吊，万水千山寄寸丹^①。

157. 话聊散步

时常散步贵舒心，边走边聊天地新。

酷暑最多七里路，寒冬至少六十分。

三朋四友抛烦恼，七嘴八舌议健身。

夜幕归来如醉酒，梦中窈窈尚温馨。

---

①：这次智利成功救助700多米下的33名矿工使用的吊车是我国制造的，关键时刻发挥了关键作用，受到高度赞赏。

158. 重游龙庆峡

雾散云开净碧空，悬崖脚下走黄龙。
奇峰绝壁三峡影，异水溪流九寨踪。
舟行美景收眼底，雁过彩云刻心中。
京郊探胜绝佳处，梦现匡庐峭武陵。

159. 捣练子·荷花

风渐小，雨方停。
满淀芙蓉粉透红。
朵朵争奇添客醉，
株株清水照柔情。

160. 贺蒋文文蒋婷婷首夺花样游泳世界杯女双冠军

壮志凌云跃顶峰，廿年奋斗梦终成。
双生玉立天仙女，一对芙蓉耀眼明。
伴舞芭蕾情有致，配音悦耳韵无穷。
凯歌高奏英雄曲，斗艳争奇别样红。

161. 离退休干部趣味运动会感言

秋风送爽满宜人，运动之魂贵健身。

这里镖飞超纪录，那边球起入空门。

欢声笑语情怀满，斗艳争奇意境深。

兴致淋漓心欲醉，童颜鹤发又青春。

162. 贺沪杭高铁再创世界新纪录

金秋气爽映蓝天，高铁沪杭捷报传。

昔日出门愁路远，今朝回府喜心间[①]。

铁轮疾驰千重岭，银翼飞翔万里山。

舜日尧年多快事，神州处处变新颜。

163. 忆王孙·雾凇

人间美景在严冬，玉树琼花数雾凇。素裹银装仙境中。醉朦胧，梦似瑶台月下逢。

---

①：2010年9月28日沪杭高铁试运行，202公里的距离用时仅40分钟，时速416.6公里，再创奇迹。这又一次证明，我国高铁已全面领先世界。

164. 贺 "嫦娥二号" 准确入轨

自古人间梦月宫，嫦娥二妹踏新程。
千秋巨笔飞天路，万世长歌宇宙情。
华夏欢声来贵客，蟾宫笑语睹芳容。
何时悟透星辰术，浩瀚银河任我行。

165. 祖国颂

秋高气爽净尘寰，五彩缤纷捷报传。
上海世博抛旧迹，沪杭高铁创新篇。
嫦娥飞越千重岭，军舰护航万里天。
喜事连台迎旭日，神州所到尽新颜。

166.读毛主席词《沁园春·雪》

诗词读罢满乾坤，佳作名篇难胜君。

气势磅礴惊五岳，雄才大略动三军。

山河百态情怀满，历史千姿寓意新。

橘子洲头抒壮志，迎来华夏满园春[①]。

167.贺我国 GDP 超越日本

旭日东升绘彩虹，扬鞭跃马跨东瀛。

千秋笔写英雄谱，一卷诗吟世纪情。

四海翻腾神愈静，五洲震荡事从容。

天公莫道春风晚，试看中华伟业兴。

168.忆江南·重阳

重阳到，挚友又登高。细雨蒙蒙穿彩路，小风阵阵渡云桥。怎不乐陶陶。

---

①：见毛主席词《沁园春·长沙》"问苍茫大地，谁主沉浮？"（一九二五年）。

169. 瞻仰列宁墓

自幼熏陶仰列宁，咿呀学语晓冬宫。
一生有幸遗容瞻，百感交集大礼行。
革命征程成历史，火红往事渐朦胧。
谁能料到风云变，功过是非待后评。

170. 万米高空赏云海奇观 ①

万米高空入画屏，翔云窗外显神灵。
晶莹剔透三山俊，海市蜃楼一座城。
百态千姿争俏丽，出神入化展新容。
寻山问水难得见，吟首小诗忆此程。

171. 忆北大

学子莘莘逐燕园，五湖四海纳英贤。
宏图圆梦胸怀远，大志成行意志坚。
万卷诗书陪晓夜，一窗日月度华年。
辛劳终获江郎笔，报效家国作赋篇。

69

---

①：在一次赴悉尼的飞行中，窗外云海千姿百态，变化无穷，蔚为壮观。

172. 建筑工人赞

棚户翻新见曙光，战天斗地喜洋洋。
风餐露宿时常见，酷暑寒冬日夜忙。
画栋雕梁圆旧梦，安居乐业进新房。
乔迁之喜黎民乐，建筑工人情谊长。

173. 登天安门感赋

神圣庄严无以伦，平生有幸喜登临。
当年挥手乾坤转，今日龙腾耳目新。
开放改革兴伟业，天翻地覆富黎民。
科学发展和谐路，装点神州四季春。

174. 调笑令·鸟岛

青海，青海，处处招人喜爱。
山前山后余辉，千里万里鸟归。
归鸟，归鸟，家在湖心宝岛。

175. 环卫工人赞

城市美容环卫工，为民服务乐无穷。
梳妆打扮天天事，泼墨挥毫岁岁情。
宽街打扫无漏角，陋巷清洁有新程。
终生全把时光献，点点滴滴映日红。

176. 赏雪抒怀

茫茫瑞雪漫无边，眨眨霞光映眼帘。
玉叶琼枝仙万树，银装素裹净千山。
衣单最怕刀风紧，地暖喜欢冰雪寒。
土润河丰墒势好，精耕细作盼丰年。

177. 游五台山

登临古刹郁葱茏，袅袅梵音韵味浓。
紫气东来幽静处，祥云西去谷峰中。
微微含笑迎香客，默默舒心诵古经。
欲晓红尘多少事，长袈玉面问高僧。

178. 祝贺侯逸凡荣获国际象棋世界锦标赛冠军

今年 16 岁的少女侯逸凡首次荣获国际象棋世界锦标赛冠军，并成为世界上最年轻的棋后和中国第四位世界冠军。

盛世和谐万事兴，百花齐放竞繁荣。
聪明少女心胸远，睿智恩师慧眼明。
豆蔻年华抒壮志，争奇斗艳展才能。
牛刀初试情怀满，勇往直前奔锦程。

179. 浣溪沙·游内蒙

如画中秋到内蒙，锡林部勒雨初晴。
牛羊满地绘彩虹。碧草如茵怀古色，
鲜花烂漫展新容。穹庐点点醉朦胧。

180. 漫步昆明湖抒怀

园林古韵玉泉旁，画意诗情誉四方。
垂柳依依吟妙语，湖光闪闪诵华章。
前方西亚虬髯客，后面东欧金发娘。
赏罢长廊奇妙景，不知何处是他乡。

181. 独木成林咏榕树①

春如四季赴颠南，旖旎风光醉眼前。
叶茂枝繁扬巨伞，盘根错节献奇观。
长须落地千株起，独木成林万亩添。
游客匆匆留倩影，快门闪闪永流连。

---

①：榕树枝杈上长出的须毛垂落地上又长成若干棵树即独木成林，蔚为
壮观。

73

74

182. 忆家父

终生厮守伴农田，稼穑艰辛腰累弯。
活计不辞千日苦，经营何惧五更寒。
日积月累食糠菜，暑往冬来披旧衫。
和蔼可亲心境好，说说笑笑亦陶然。

183. 贺岁醉天伦

玉兔光临万象新，阖家欢乐喜迎春。
一年个个传佳讯，四季人人递爱心。
泼墨挥毫山涧路，丹青妙笔海边云。
安居乐业吟盛世，小酒一樽论古今。

184. 腾格里大漠抒怀

茫茫大漠倚蓝天，旖旎风光映眼帘。
莫道荒凉无寸草，黄沙醉态有奇观。
层峦叠嶂千龙舞，梦笔生花万马欢。
观罢此间玄妙景，何须远去觅桃源。

185. 深切怀念李延龄同学^①

风华正茂识君颜，随梦同窗拜俊贤。

万卷诗书收眼底，一窗日月化心间。

胸中怀有凌云志，手里方能倚马篇^②。

孰料英年乘鹤去，樽前把酒泪潸然。

186. 翠竹颂

高洁淡雅胜花香，摇曳生姿意气昂。

阵阵和风催舞步，皑皑瑞雪裹银妆。

骚人墨客竹篱短，道骨仙风韵味长。

半世风流着绿色，一身奉献盖群芳^③。

---

①：李延龄逝世前任财政部副部长，是我们北大同班同学。

②：倚马千言：形容文思敏捷，成文极快。晋朝桓温领兵北征，命令袁虎靠着马拟公文，霎时间完成七张纸的公文，而且文章写得很好。

③：竹子一身是宝，竹简、竹雕、竹刻、竹布、竹笋、竹器、竹编等，全部奉献给社会。

187. 神医扁鹊三兄弟 [①]

神州医术远悠长，遐迩闻名誉四方。
兄弟三人除病害，周游四处送安康。
望闻问切仙方妙，起死回生技艺强。
德艺双馨赢盛赞，千秋万代永流芳。

188. 游非洲野生动物园

非洲广袤趣无穷，旖旎风光异域情。
猎狗成群撕大象，雏鹰威猛废小兄。
优胜劣汰天公定，弱肉强食世代行。
血雨腥风成壮阔，和谐发展竞输赢。

①：魏王问扁鹊，你家三兄弟谁的医术最高？扁答，我大哥医术最好，二哥其次，我最差。魏王惊问，那为什么你名动天下他们俩一点名气都没有？扁说，我大哥医术之高可以防患于未然，一个人病未起之时，一望气色便知，然后用药把他调理好，所以天下人都以为他不会看病，他一点名气都没有；二哥是能治初起之病，以防止酿成大病，他的名气较小，仅止于乡里；我的医术最差，一般是病入膏肓，下虎狼之药，起死回生，所以天下便以为我是神医。

189. 南湖的灯光

南湖画舫九十年，日月穿梭一瞬间。
艰苦卓绝排险境，中流砥柱克难关。
科学发展千秋业，开放革新四化篇。
济世安民称盛世，昆仑巍巍耀赢寰。

190. 贺北大学兄张维福八十华诞

仁兄大寿意非凡，刻苦耕耘尽夜阑。
桃李莘莘心腹事，华章件件梦魂牵。
仙风八秩福如海，道骨千秋寿比山。
吉日良辰杯盏罢，吟诗两首贺陶然。

191. 看凤凰卫视新闻节目有感

电视传媒显特长，凤凰展翅欲飞翔。
社情民意三更紧，战火纷飞午夜忙。
纵览风云无漏角，点评事态有华章。
经天纬地心如镜，陋室蜗居梦远航。

78

192. 西堤古柳抒怀

百年古柳义非凡，枝体凋残匝护栏。
岁月沧桑悲往事，春回大地喜心间。
湖光山色人潮涌，满目葱茏兴致添。
古老园林逢盛世，宾客如云两重天。

193. 青海湖畔油菜花

高原湖畔遇奇观，遍野金黄入眼帘。
顿感此间非塞北，忽觉妙景胜江南。
良田沃土资源广，绿色旅游财路宽。
昔日和亲荒漠泪，如今游客满山川①。

────────

① ：唐朝文成公主和亲进藏时的道路，当时非常荒凉。

194. 读《春江花月夜》有感

明月升空赏碧穹，花林似霰意朦胧。
诗情画意人心醉，摇曳生姿兴味浓。
江水流春传细语，长空雁叫递柔情。
骚坛之冠孤篇作，万古流芳誉盛名[①]。

195. 故里行

平生受命事缠身，花甲休闲故里寻。
座座小楼抛旧貌，条条大路奔新村。
左邻右舍家家暖，后巷前街处处春。
把酒桑麻由兴起，儿时伙伴话温馨。

①：张若虚此诗有"孤篇盖全唐"的美誉。

神州颂

196. 除夕之夜赏礼花

千姿百态傲苍穹，火树银花不夜城。

五彩缤纷抒画卷，八仙过海绘长虹。

美轮美奂祥龙舞，如醉如痴韵味浓。

笑语欢声辞旧岁，扬鞭跃马步新程。

197. 昆明湖边晨练

朝霞微露炼湖边，幽静全无车马喧。

意守丹田纯似水，尘排肺腑净如山。

长拳妙手岭南段，短剑腾挪燕北篇。

水秀山明人尽兴，天天不落乐陶然。

198. 无　题

沧桑件件掩胸中，岁月遗痕伴夏冬。

面对风云心有底，怀揣马列事无惊。

一生最念征程险，半世常思累月功。

白发萧疏回往事，滴滴映照五星红。

199. 中秋之夜怀友人

深秋寒夜倚轩窗，往事萦怀欲断肠。
岁月悠悠思故友，含情脉脉敞心房。
钟楼响罢三更鼓，微风吹来两鬓霜。
美好时光常忆起，南柯折柳又身旁。

200. 赞研发"两弹一星"的英明决策

——看电视片《五星红旗迎风飘扬》

决策英明念伟人，深谋远虑正乾坤。
一星书写凌云志，两弹研发伟业新。
艰苦卓绝惊世界，凌霜傲雪长精神。
宏图大展强国梦，忆苦当年泪满襟。

201. 游庐山

盛夏匡庐凉意浓，神奇莫测景朦胧。

飞云纵览三棵树，峭壁嵯峨五老峰。

瀑布层叠飘谷里，花林曲径隐山中。

客人赞美风光好，难舍将军一段情①。

202. 潭柘寺古银杏

挺然屹立入云端，古刹门前敬圣贤②。

岁月遗痕留脚下，沧桑往事刻心间。

共同走过艰难路，一起迎来盛世天③。

无限风情春正好，枝繁叶茂换新颜。

①：指彭德怀将军在庐山被冤枉的一段情节。

②：传说，先有潭柘寺后有北京城。

③：寺院门前银杏树为雌雄两棵。

203. 读李煜词有感

钟山隐士启新风，一代骚坛誉盛名①。
理政掌权遭败绩，诗词创作获成功。
清新细腻篇篇好，肺腑之言句句情。
逆境抒发亡命语，流芳万古妙无穷②。

204. 广州亚运会开幕式

亚洲盛会聚羊城，开幕迎宾绘彩虹。
路上人群情缱绻，江中画舫意朦胧。
流光月夜鱼龙舞，火树银花韵味浓。
酣畅淋漓结硕果，岭南特色谱新风。

---

①：指钟山隐士李煜将难登大雅之堂的词引入主流社会。
②：指《虞美人》"问君能有几多愁，恰似一江春水向东流"。

205. 咏千岛湖

人间造化妙无穷，万物倏然隐水中。

一夜新江沉旧貌，千年古韵绽新容。

星罗棋布瑶池景，错落葱茏耀眼明。

他日龙王施妙手，闻名古镇再奇雄①。

206. 读熊向晖《我的情报与外交生涯》并缅怀作者

清华才子遇周公，勇往直前奔锦程②。

潜入龙潭施妙计，获取情报立奇功。

文韬武略心如镜，紧要关头重若轻。

几许随同商大计，聆听教诲益平生。

---

①：具有上千年历史的古淳安、古遂安两座古镇，淹没在新安江水库中。

②：周公即周恩来总理。

207. 撤离我驻利比亚员工有感

神州游子母牵连，战火纷飞遇祸端。
迅速撤离发命令，争分夺秒保平安。
以人为本民心暖，确保团圆喜讯传。
秩序井然惊世作，空前壮举耀瀛寰。

208. 颂蜜蜂

轻盈俊俏小精灵，曼舞轻歌雅兴浓。
北谷翻飞寻宝地，南湖忙碌探花丛。
一心酿做鲜汁蜜，万代传承岁月情。
野岭荒坡甘奉献，终身点点透忠诚。

209. 缅怀马积生同志

鲲鹏展翅启新航，报效家国论短长。
四卷雄文学到手，一窗日月著华章。
踌躇满志风云路，竭虑殚心昼夜忙。
无限前程春正好，含情饮恨赴仙乡。

210. 旅俄感吟

圣城仰慕暮年行，革命情怀萦脑中[1]。
涅瓦河旁军号响，冬宫门外炮声隆。
红旗漫卷山川动，镰斧齐辉遍地红。
岁月乘除皆去远，依稀印象渐朦胧。

211. 中秋赏月

凭栏眺望广寒宫，意惹情牵叹月明。
遥望星辰怀故友，默吟诗句敬苍穹。
嫦娥悔恨灵丹药，玉兔痴心桂树丛。
他日飞船接玉柬，回归故里看龙腾。

---

①：圣城即圣彼得堡。

212. 瓮山春韵

夜雨初晴挂彩云，瓮山脚下满园春。
黄鹂百态丰姿美，白鹤千姿耳目新。
东舫湖中花绽水，西堤衢外柳成荫。
园林幽雅通仙境，一片祥和醉客心。

213. 游印度泰姬陵 [①]

晴空万里艳阳天，玉璧无暇映眼帘。
倩影柔情情脉脉，朱颜蜜意意绵绵。
姬陵合璧蛾眉妒，莫卧孤身泪水寒。
巧匠能工惊后世，闻名遐迩耀瀛寰。

①：印度泰姬陵有世界七大奇迹之美誉，是泰姬生前要求夫君莫卧儿五世为其死后兴建的一座陵墓，大理石镶嵌十分精美，用时五年，规模宏伟壮观。

214. 纵览飞云

百花奇异绽苍穹，默默无声绘彩虹。
薄雾时时成画卷，尘烟滚滚奏雷鸣。
五颜六色须臾起，百态千姿过眼空。
莫道鹅毛轻似燕，呼风唤雨力无穷。

215. 清明抒怀

春寒料峭近清明，几片残云挂太空。
夜梦子规回故里，日托鸿雁寄深情。
双亲墓祭心潮涌，一座坟荒热泪盈。
严慈教诲犹在耳，不时回荡暖心胸。

216. 读《益寿文摘》有感

文摘益寿似春风，和煦温馨日见功。
情趣养生开眼界，食疗荟萃暖心胸。
专家正论高招妙，百姓偏方耀眼明，
地久天长常给力，精神矍铄乐无穷。

217. 贺北大百年华诞

岁月沧桑寿比山，莘莘桃李返校园。
重逢话旧情怀里，笑语说新苦乐间。
万卷诗书陪晓夜，一腔热血度华年。
顿觉昔日湖边路，翠柳依稀又眼前。

218. 壶口瀑布抒怀

滚滚波涛气势宏，神州万里尽朝东。
穿山越岭风尘路，咆哮如雷昼夜行。
万马奔腾难阻挡，一壶岂可锁黄龙。
千秋笑看征程险，寥廓江天旭日迎。

219. 散步养生

修身养性净尘寰，散步聊天好坦然。
春夏秋冬约四季，风霜雨雪伴八仙。
昆明湖畔清幽路，海淀公园花径边。
岁月乘除君莫问，童颜鹤发寿南山。

220. 题农家小院

探胜京郊满目春，农家住户喜光临。
门前山绿层林秀，窗外水明气象新。
古道遗痕留古韵，当今院落绽温馨。
桃源美景居何处，世上仙境此地寻。

221. 利比亚战火风云

乌云密布近中东，部落纷争惹祸生。
滚滚原油招北客，隆隆炮火抵边城[1]。
强权插手干戈起，正义伸张给力行。
血染黄沙难泯灭，苍生翘首盼安宁。

222. 学诗感赋

诗词瑰宝似春风，世代传承绘彩虹。
格律森严严有序，构思奇妙妙无穷。
痴心吟咏江南曲，醉意抒发塞北情。
岁月阴阳催晚景，骚坛拙笔赋余生。

---

[1]：北客指北约。

223.贺青藏铁路通车

傲雪凌霜绘彩虹，圣殿合十叹龙腾。

唐蕃飞越先人梦，雪域穿行后辈情。

科技高端兴伟业，江山永固立奇功。

通衢广陌凌空舞，满目春光送旧容。

224."小清华"之家

2011 年 4 月 24 日，是清华大学百年校庆。有这样一个家庭，40 多年间，两代人共有 13 名成员走出清华园（占到清华毕业生总数的近万分之一——清华大学 100 年，培养了 17 万名学生）。聂皎如姊妹三人共六个孩子，其中 5 个进入清华，在家庭里被称为"小清华"。唯一没上清华的聂皎如的女儿唐炬是学医的，考入中国医科大学，如考清华也能考上。更有趣的是聂昕和父母都出自电机系，与其母当年住的还是同一栋楼。

岁月沧桑逾百年，莘莘桃李满瀛寰。

合家校友十多位，两代清华一个班。

勤奋基因传世界，天资聪颖耀人间。

神州春色添豪兴，吉日良辰贺俊贤。

91

225. 向杨善洲同志学习

一片忠心守誓言，鞠躬尽瘁创新篇。
淡泊名利清风袖，艰苦卓绝意志坚。
绿化神州书大地，造福后世染江山。
感人肺腑旌旗展，青史流芳颂盛年。

注：杨善洲同志是原云南保山地区地委书记，退休后二十多年如一日绿
化荒山，事迹感人。胡锦涛总书记要求广大党员干部向杨善洲同志学习。中
组部追授他为"全国优秀共产党员"称号。

226. 吟维多利亚大瀑布

风光旖旎画廊中，咆哮轰鸣震太空。
茂密丛林藏妙景，壮观河谷露峥嵘。
一弯虹月斜阳里，五彩云霞暮色中。
宾客流连人忘返，寻山觅水叹奇雄。

注：维多利亚大瀑布位于津巴布韦与赞比亚边界处，号称世界第一，十
分壮观，落差108米，20公里外就能听到巨大的轰鸣声。

227. 缅怀李志远老师

书海茫茫难辨真，虔诚弟子遇知音。
为人师表情无限，经典相传贵有心。
半载实习轮舵稳，一生受益感知深。
音容笑貌今犹在，每遇清明泪满襟。

228. 英王子大婚有感

威廉王子喜临门，锦上添花恰暮春。
相恋八年成眷属，宾朋百万聚英伦。
门当户对司空见，地位悬殊耳目新①。
古老婚俗成旧梦，虔诚相爱顺民心。

①：一位普通人家的女儿凯特与威廉王子成婚引来各方的关注。

94

229. 瞻仰挂甲屯彭德怀旧居有感

南征北战赖元戎，所向无敌盖世功。
挂甲屯中难挂甲，英雄帐外铸英雄①。
万言巨作凌云笔，一片忠心气势宏。
今日清明云化雨，滴滴泪洒祭彭公。

230. 赠同乡诗友

春风新韵寄同乡，几首诗余润色忙。
把酒常吟青玉案，品茗偶诵满庭芳。
遣词造句三番悟，立意谋篇一脉扬。
佳作熟读明理趣，眼前山水尽华章。

---

①：彭德怀被错误撤职后，居住地虽叫挂甲屯，但他心中一刻也未挂甲，始终心系民生，关心国家。在住地种菜，还经常帮助邻居的孩子们。

231. 路边烧纸祭祀偶感

文明祭祀敬先贤，冥币寒衣送路边。

社会礼仪情脉脉，人间孝道意绵绵。

生前送上一杯水，逝后迎来百亿元。

方式虽别无二意，习俗默默暖尧天。

232. 坎布拉丹霞风光

丹霞胜景妙无穷，岁月悠悠绘彩虹①。

道骨仙风争俏丽，出神入化吐峥嵘。

五颜六色游人赞，百态千姿耀眼明。

暮鼓声声催上路，依依不舍返归程。

①：最富神韵的坎布拉丹霞地，位于青海西宁以南的黄南藏族自治州尖扎县境内。

233. 题杜甫草堂

名宅故居树丛中，触景生情忆少陵。

四处奔波难遂意，一生困顿伴愁容。

忠君济世行间隐，民意抒发字里明。

莫道圣翁无笑语，七绝妙句乐无穷①。

234. 贺北京金隅男篮荣获全国总冠军②

骀荡东风春意浓，篮联夺冠动京城。

人声鼎沸狂欢夜，扭转乾坤气势宏。

往日无谋跌谷底，今朝有志跃头名。

埋头奋斗三十载，今日功成献彩虹。

---

①：诗圣杜甫一生欢快诗篇很少，其中那首脍炙人口的七绝（两个黄鹂鸣翠柳，一行白鹭上青天……）就是在草堂完成的。

②：北京金隅男篮在 CBA 的决赛中以 4:1 的战绩将"七冠王"广东东莞队斩落马下，夺得全国总冠军，创造了新的历史与传奇。

235. 祝李娜首次荣获女法网大满贯世界冠军

阳光美女梦终成，鼎沸狂潮举世惊。
赛场拼搏施妙计，网坛较量展才能。
百年潇洒神州梦，一代风流岁月情。
但愿春风能化雨，迎来弟妹靓时空。

236. 游兰亭忆怀

春满神州绿意浓，宾朋相聚忆兰亭。
流觞默默千年韵，曲水粼粼九域情。
逸少挥毫书盖世，骚人作赋句扬名①。
东风浩荡三山变，古老文明一脉承。

①：王羲之字逸少，有"书圣"之称，《兰亭序》更为书家所敬仰，被誉为"天下第一行书"。

237. 看京剧偶感

世代传承负盛名，徽班三百进皇城。
行当角色分工细，脸谱装束耀眼明。
文唱音清声悦耳，武功精湛技穷通。
前程锦绣花如玉，国粹弘扬不朽功。

238. 十七孔桥感赋

颐和园十七孔桥建于乾隆十五年即 1750 年，时年我 GDP 占全世界的 32%，高居榜首。但清政府却无力抵挡后来英法联军火烧圆明园的野蛮侵略行径。

乾隆十五绣皇城，一座宏桥负盛名。
建筑辉煌难自保，专权霸业受欺凌。
瓮山泣诉当年辱，湖水欢歌今日情。
紫气东来逢盛世，满园春色醉宾朋。

239.老年大学赞

休闲恰遇好时光，致仕重新进课堂①。
作赋吟诗寻雅趣，挥毫泼墨觅幽香。
习歌练舞欢声起，上网登机喜气扬。
岁暮余年皆尽兴，回眸一路谱新章。

240.观写草书

慨叹先生誉盛名，挥毫上纸起狂风。
行云流水八行字，梦笔生花一气成。
凤舞龙飞藏古奥，刚柔并济透新容。
不同流派谁夺锦，各领风骚耀眼明。

99

①：致仕即离退休。

241. 登黄鹤楼

崔颢诗篇誉盛名，登楼眺望赏江城。
白云有意凌空舞，黄鹤无忧伴水鸣。
三镇繁华招远客，千年古韵寄深情。
乡关日暮愁何在，春满神州醉太平①。

242. 有感于《鲁豫有约》赵忠祥

兼备德才不可轻，传媒业界获殊荣。
声声着意千山远，默默耕耘九域情。
泼墨挥毫无漏笔，皮黄念唱有真功。
八般武艺情怀满，灿烂一生耀眼明。

---

①：崔颢诗中句"日暮乡关何处是，烟波江上使人愁"。

243. 有感于电子信箱

外孙为我建邮箱，获益良多喜若狂。
短讯传来如闪电，长书递去胜飞翔。
适才觅迹波哥大，顷刻寻踪梵蒂冈。
科技高端人给力，经纶妙手著华章。

244. 观棋

楚汉相交意欲浓，清茶会友较输赢。
两厢摆擂干戈起，一场厮杀阵线明。
博弈双方刚落子，围观四面惹纷争。
残局战至斜阳里，握手言和兴未穷。

245. 学习胡锦涛同志在庆祝
中国共产党成立九十周年大会上的讲话

九十华诞喜盈门，旭日东升涤旧尘。
开放改革兴伟业，科学发展壮昆仑。
辉煌战果千秋颂，大展宏图满目春。
砥柱中流光日月，阳光和煦暖民心。

246. 退休感怀

疾书奋笔业丰盈，致仕须臾未放松。
兴至低吟诗几首，闲来高唱曲三声。
当年未解词中意，今日方知韵里情。
老友品茗敲二句，行间字里乐余生。

247.革命摇篮井冈山

千里迢迢赴井冈，饱含热泪忆沧桑。
青山铸就英雄汉，碧水浇成特等钢。
革命摇篮播火种，武装割据放光芒。
红旗引上长征路，胜利航船续辉煌。

248.登泰山

岱岳千秋负盛名，庄严雄伟矗云层。
艰难考验人生路，峻峭激发锦绣程。
石刻条条含理趣，楹联句句孕深情。
天街越过凌绝顶，满目霞光分外明。

249.看上海国际泳联世界锦标赛十米台跳水有感

十米高台矗水中，英男健女舞凌空。
屈膝转体三周半，展臂空翻一气成。
世界泳坛争擂主，青年盛会递深情。
开怀拥抱五洲客，美酒佳肴意壮行。

250. 有感于姚明退役

亿万球迷倍震惊，巨星退役转航程。
美国征战九年整，华夏狂飙一代情。
技艺身高称世界，心灵慈善享殊荣。
勤劳睿智亲朋广，再创辉煌续远征。

251. 《共产党宣言》诞生记

　　1845 年 2 月，年轻的马克思因从事进步活动被法国当局驱逐出境后，辗转来到比利时布鲁塞尔，在"白天鹅餐厅"与恩格斯经过三年的努力完成了《共产党宣言》这部伟大著作，这是国际共产主义运动第一个纲领性文献，也是马克思主义诞生的重要标志。

一座名城诞马翁，茫茫黑夜矗红灯。
宣言问世旌旗展，纲领出台耀眼明。
熟虑深思击暮鼓，科学大胆创新程。
乾坤扭转惊天地，正道沧桑不朽功。

252. 看上海第 14 届国际泳联
世界锦标赛女子花样游泳

盛夏欢腾月亮湾，水中仙女起蹁跹。

悠扬伴乐心声醉，美妙风姿舞艺娴。

转体空翻多俏丽，芭蕾倒立更骄妍。

人声鼎沸狂潮涌，精彩纷呈万众欢。

253. 贺孙杨荣获世界冠军并打破世界纪录

紫气东来展大鹏，良辰盛世铸英雄。

师徒信守凌云志，团队抒发岁月情。

伟绩十年终作古，丰碑一霎易华名[1]。

牛刀初试添豪兴，备战英伦奔锦程。

---

①：尚未满 20 岁的孙杨在上海第 14 届国际泳联世界锦标赛上荣获男子
1500 米自由泳世界冠军，并将澳大利亚名将哈克特在 2001 年福冈世锦赛上
创造的已尘封 10 年之久的纪录打破，这还是中国男子游泳第一个奥运项目的
世界纪录。

神州颂

254. 黑瞎子岛回归感吟

东方哨所早黎明，生态神奇瑞气浓①。
草甸终于回故里，森林立刻享亲情。
久居闹市声声躁，偶住偏村日日宁。
一岛两国边界定，双方和睦共繁荣。

255. 看变脸艺术表演

偶赴蓉城西部行，非凡技艺展才能。
黑头红净摇身变，白脸黄袍过眼空。
脸谱千张藏古奥，流传百代绽新容。
人间绝技无穷尽，世上风流有后生。

---

①：岛上哨所誉为东方第一哨，每年夏季2点多便见旭日东升，它是祖国最早迎接太阳升起的地方。2008年10月14日，该岛西部171平方公里的陆地及其所属水域正式划归我国，从此中俄边界完成。

256.阅读广州《诗词》报感言

羊城大地沐春风，一朵芙蓉别样红。
泼墨挥毫书盛世，吟诗作赋诵民生。
古今融汇情怀满，中外沟通韵味浓。
山水有情情几许，骚坛圣手展才能。

257.垂钓

落座河旁会友朋，晴空万里沐微风。
垂纶下水心神定，静盼来鱼刹那中。
龙井一杯观世态，锦鳞数尾进筌笼。
金秋胜日斜阳里，兴致淋漓乐忘情。

神州颂

108

258. 试评武则天

天生丽质动京城，妩媚赢得父子情①。
壮志凌云谋伟业，风流倜傥作朝廷。
污言秽语檄文案，大度宽容举世惊②。
亘古皇朝千百载，空前绝后叹魁雄。

259. 教师节赠李树先老师

文化传承见匠心，兴观群怨润知音。
循循善诱情怀满，字字珠玑耳目新。
国粹灵犀添雅趣，诗文典故破迷津。
莘莘桃李骚坛客，吉日良辰问苦辛。

---

①：武先后侍从过唐太宗和唐高宗父子俩。

②：骆宾王写了一篇声讨武则天的檄文，言词十分尖锐，把武骂了个狗血淋头，按常理分析，武大权在握，一定会严惩骆，而事实却完全相反，武非但没有惩罚骆，反而大加赞赏骆的文笔才华。

260. 重阳登高百望山

探胜京郊百望山，深秋携侣觅悠闲。
青松无意随风唱，红叶有情迎客欢。
柳岸啼莺歌断续，花蹊落絮舞缠绵。
心潮澎湃添豪兴，感慨诗成作赋篇。

261. "9·11" 十周年感言

世贸高楼被炸翻，惊心动魄满十年。
寻机消灭伊拉克，借故攻击塔里班。
通过战争结怨恨，履行谈判保平安。
沧桑正道和为贵，切勿称王搞霸权。

神州颂

262. 苏杭原副市长被处极刑

为官腐败玷苏杭，绰号三多霸四方[①]。

舞弊徇私生歹意，甜言蜜语巧束装[②]。

妄图蒙混花招尽，枉费心机败露光。

法网恢恢无漏角，一条死路会刘张[③]。

263. 秦始皇派徐福寻长生不老药的传说

大展宏图霸业成，呼风唤雨力无穷。

人间日日迎新客，命运年年送旧容。

嬴政图谋活万世，徐福采药落千程。

神州小岛求仙处，乐土一方享太平[④]。

①：杭州原副市长许迈永被民众称为"许三多"，即钱多、房多、女人多。

②：苏州原副市长姜人杰贪污受贿折1.08亿元，许迈永贪污受贿2.13亿元，成为新中国成立以来数额最大的贪污犯。

③：刘、张即1952年轰动全国的大贪污犯刘青山、张子善。

④：秦始皇霸业完成后，欲长生不老，结果只活了50岁。而徐福为其采药途中，据传在一个小岛留了下来。

264. 读李商隐几首《无题》诗

爱情诗画似芙蓉，淡淡清香别样红。
含蓄深沉情缱绻，文词委婉意朦胧。
精心用典神来笔，巧妙奇思韵味浓。
悟透悲欢思念苦，骚坛千古永留名。

265. 贺中华诗词研究院成立

神州广袤沐东风，恰似云舒喜气盈。
大雅千秋别旧制，雄风九域绽新容。
诗坛建院山川动，瑰宝弘扬日月明。
骚客闻听心振奋，挥毫作赋竞繁荣。

266.贺袁隆平院士创杂交水稻单产世界新纪录①

远离饥饿铸英雄，泥水一身伴夏冬。
贫苦农民千嘱咐，富足百姓万叮咛。
心贴大地情怀满，眼望长空分外明。
奉献超凡人景仰，辉煌业绩立奇功。

267.游斋堂镇——明清古村落

五彩金秋摄影忙，京西古道觅仙庄。
青山环抱斋堂镇，碧水潺湲爨底庄。
老树枯藤书历史，小桥流水话沧桑②。
农家小院歌声起，绿色佳肴伴酒香。

---

①："让人类远离饥饿"是袁隆平的座右铭。日前他新培育的百亩水稻
实验田平均亩产创926.6公斤的世界新纪录，继续保持世界领先水平，并准
备再用10年实现亩产1000公斤的目标。

②：指元朝《天净沙·秋思》的作者马致远的故居。

268. 吟范蠡

悠悠岁月论英雄，寡欲清心叹范公。
足智多谋施妙计，卧薪尝胆立奇功。
急流勇退飘然去，下海经商红利丰。
逆耳忠言明挚友，执迷不悟断残生①。

269. 家属随军进京 40 年

光阴弹指四十年，家属随军梦月圆。
尝罢当年瓜菜代，方觉今日米粮鲜。
科学发展千钧力，改善民生万众欢。
把酒欣逢夸巨变，天伦之乐暖心田。

---

①：范蠡与文种辅佐越王打败吴国后，范决定离开越国，并劝文种也要
及早脱身，说越王只能共患难，不可同欢乐。文种不听，结果遭到越王赐死
的悲残结局。

270. 诗赠滕绍英

瓮山脚下喜相逢，正茂风华志趣同。

四卷雄文学到手，一腔热血铸忠诚。

鱼龙夜舞寻无迹，灯火阑珊却有名。

把酒品茗常作赋，平平仄仄韵无穷。

271. 贺神八与天宫一号交会对接成功

吉日良辰锣鼓鸣，东风浩荡巨龙腾。

今天飞往空间站，明日捎回宇宙情。

一路秋波传韵律，两星拥抱递心声。

英才凝聚辉煌路，揽月摘星任太空。

272. 退休感吟

告老学习未放松，缤纷五彩度余生。

闲来高唱空城计，兴至低吟卖炭翁。

泼墨花成迎瑞气，挥毫草落送和风。

夕阳老骥雄心在，任是黄昏乐忘情。

273. 一亩园早市偶感

金鸡报晓渐黎明，车水马龙热气升。
方便民生排旧虑，和谐社会立新功。
价廉送走八方客，物美迎来四面情。
满意而归乘兴去，不时光顾再相逢。

274. 读元稹几首悼亡诗有感

微之妙笔韵绝伦，意境温馨叹古今①。
沧海情深深若水，巫山意切切如云。
七年时短心中印，一世绵长岁月春②。
文友诗敌居士赞，读来默默泪沾襟③。

①：元稹字微之。
②：韦丛20岁与元稹结婚，死于27岁。
③：白居易称元稹是他的"文友诗敌"。

神州颂

275. 黄昏颂

告老还乡步未停，雄风老骥续新程。

读书品味家国事，看报眸凝盛世情。

奋笔疾书难尽兴，吟诗作画趣无穷。

东篱把酒黄昏后，余热生辉夕照明。

276. 入世十年赞

时光荏苒忆华年，历史长河转瞬间。

入世一槌留见证，辉煌十载创新篇①。

竞争献上新兴力，合作迎来话语权。

开放改革天地阔，复兴伟业壮尧天。

①：多哈时间 2001 年 11 月 10 日晚 6 时 38 分，随着世贸组织第四次部长级会议主席卡迈勒手中的木槌落下，中国入世一锤定音。事后记者将木槌带回成了珍贵永久的纪念。

277. 石榴颂

虬枝老杈透魁雄，苍劲遗痕过百龄。
岁岁鲜花开满树，累累硕果绣霞红。
风调雨顺时光好，叶茂枝繁春意浓。
默默无声遵祖训，墙边角落献深情。

278. 参观马致远故居

京郊览胜韭园村，元代名宅遂客心[①]。
古道西风情脉脉，小桥流水韵深深。
沧桑往事依稀梦，岁月升华印象新。
虽是当年玄妙景，却无瘦马断肠人。

———————

①：有"曲状元"之称的马致远故居，位于门头沟王平古道韭园村。此村由韭园村、东落坡村、西落坡村和桥耳涧村四村组成。西落坡村的一座坐西朝东的大四合院便是马致远的故居。

神州颂

279. 辛亥革命百年祭

扭转乾坤觅大同，感天动地叹魁雄。

废除帝制惊天作，开创共和人世惊。

百代皇权成粪土，一腔热血暖民生。

当年未竟凌云志，今日辉煌奔锦程。

280. 龙年贺岁

张灯结彩会宾朋，鞭炮声声年味浓。

兔送八哥飞万里，龙迎九妹跃千重①。

风调雨顺粮仓满，国泰民安瑞气盈。

日月穿梭辞旧岁，复兴伟业铸恢宏。

---

①：八哥、九妹即神八、神九。

281. 益寿歌

九九深秋枫叶红，夕阳无限暖心胸。
有情泼墨一身静，无欲挥毫两袖风。
懒惰不能增大寿，勤劳却可惠民生。
年高不忘家国事，余热生辉入鬓浓。

282. 赞郭沫若的自省[①]

举世无双负盛名，文坛巨匠享殊荣。
诗成百首违心曲，招致千家疑问声。
悔悟幡然终自省，光明磊落受尊崇。
回头检点人生路，教训门开送锦程。

---

①：1958 年，郭沫若用 10 天的时间，选择 100 种花为题，写成 101 首
诗的诗集，名为《百花齐放》，表现为形象描述—政治概念。1959 年作了诚
恳的自我批评，说"我的《百花齐放》是一场大失败"，"我是深以为憾的"。

283. 拜访好友

老柳无绵丝更长，温馨叙旧忆沧桑。
当年许下凌云志，携手相约各自忙。
夕日同窗寻妙笔，今朝联袂赋华章。
满头白发雄风在，余热生辉梦正香。

284. 公园茶楼小憩

雨过天晴醉客心，竹楼小憩遇知音。
饮茶入口神情爽，眺望窗前耳目新。
瑟瑟落花雕古韵，潺潺流水唱阳春。
邻家小院炊烟起，漫步余晖遍地金。

285. 贺维福兄嫂金婚[①]

良缘倩影五十年，暮鼓晨钟一笑间。
竹马青梅情脉脉，相依为命意绵绵。
粗茶淡饭人增寿，斗室蜗居气自闲。
寡欲清心神趣远，夕阳共勉胜南山。

①：张维福同志是北京大学教授。

286. 清官颂

改革开放选贤能，兼备德才创锦程。
人握财权兴伟业，官居要位振民生。
一腔热血情怀满，两袖清风志趣浓。
告老还乡心坦荡，恭迎盛世看龙腾。

287. 颂 "北京精神"

东风浩荡沐京城，笑语欢声暖意融。
八字箴言涵古韵，九州训诫绽新容。
追求梦想胸怀广，打造精神气势雄。
天地人和兴伟业，鹏程万里铸恢宏。

288. "北京精神" 永放光芒

华夏祥和瑞气浓，京华大地沐东风。
创新大业九州盛，广纳英才万代荣。
八字精神迎远客，千秋气度贯长虹。
古都凝聚无穷智，路满阳光绣龙腾。

神州颂

289.《红心永向党》读后感

《红心永向党》是离退休干部学习胡锦涛总书记"七一"讲话理论研讨班的论文集,共31篇,读后令人感动,受益匪浅。

一卷新书情意浓,学习讲话敞心胸。
白头不忘南湖夜,赤子常怀北斗星。
大作篇篇歌伟业,宏文句句颂龙腾。
天公莫道黄昏晚,余热生辉夕照明。

290.聚餐农家小院

览胜京郊似画廊,寻踪拜访巧厨娘。
四合小院鲜花靓,一顿佳肴美味香。
城里荤腥超御膳,乡间土特胜膏粱。
夕阳无限回高速,万道霞光送盛装。

291. 除夕之夜赞春晚

岁岁除夕气势雄，明星荟萃靓荧屏。
家家围看天伦乐，户户评析赞叹声。
盛世良宵歌伟业，神州吉日颂民生。
赏心悦目三十载，历尽沧桑火更红。

292. 忆小平同志

春回大地起雄风，华夏迎来锦绣程。
海纳百川迎远客，龙腾万里绘长虹。
和谐发展九州盛，持续革新万代荣。
设计大师功盖世，复兴伟业献豪情。

293. 收废品偶感

世间万物欲更新，废品回收寓意深。
起早贪黑深陋巷，走街串户暖民心。
破铜烂铁能成宝，旧报闲书可变金。
行业不同无贵贱，和衷共济创温馨。

294. 空调随感

炎炎酷暑似笼蒸，小小空调欲建功。

盛夏时时排暑气，严冬阵阵送春风。

一年冷热恒温定，四季区分不再明。

短暂舒心留后患，苍天慧眼洞察明。

295. 悼念介挺同志

翁山脚下喜相逢，文质彬彬露笑容。

做事专心没日夜，为人厚道有深情。

时时摇动江郎笔，默默耕耘硕果丰。

病灶无疑皆尽力，微微含笑去壶中①。

296. 水仙花

水中仙子置前庭，吉日良辰瑞气升。

长势英姿凭水分，造型醉态看刀工。

高洁淡雅名声远，秀丽清纯韵味浓。

不与繁华争俏丽，愿将笑脸献隆冬。

①：见李觏《晚秋悲怀》"壶中若逐仙翁去，待看年华几许长。"

297. 慰唁苏晓明同学

北大同班苏晓明同学的爱人李延龄（也同班）还不满 60 岁，便因病离她而去，特表示慰问。

未名湖畔度华年，才子佳人自有缘。
比翼双飞勤伟业，并肩携手创新天。
合欢未感胸前暖，失侣方觉枕上寒。
莫道身边人远去，九泉遥望共婵娟。

298. 咏京津高铁

大地回春暖意浓，京津高铁快如风。
昨天前往三时整，今日回程半点钟。
科技创新谋骏业，交通便利促龙腾。
扬鞭跃马传捷报，锣鼓声声贺战功。

299.《感动中国》十年

春风沐浴暖人间，感动中国选俊贤。
净化心灵兴伟业，弘扬正气创新篇。
百名模范感人举，十载光辉火炬燃。
但愿花开红满地，温馨融洽润尧天。

300. 柯达公司破产

柯达公司从 1900 至 1999 年共获得 19576 项专利，靠技术创新一度垄断了美国 90% 的胶卷市场和 85% 的相机市场。然而，这样一个名牌公司在走完 132 年的路程后，却宣布了破产。

柯达胶卷话沧桑，雄冠全球喜欲狂。
专利发明成大业，人才汇聚创辉煌。
不思进取祸端起，落伍高科致命伤。
老店百年终逝去，员工无奈诉衷肠。

301. 江城子·回首

滹沱河畔小顽童。走京城，更从容。正茂风华，奋斗力无穷。人这一生常自问，多少事，荡心胸。　　红旗漫卷育英雄。日匆匆，业成翁。回首途程，岁月透峥嵘。浊酒一杯心欲醉。情未了，梦将成。

302. 缅怀容国团同志

1959 年在德国多特蒙德世乒赛上，容国团第一次夺得男单冠军。时隔 43 年后，2012 年 4 月我男女队旧地重逢，又双获男女团冠军，令人感慨万千，特赋诗一首。

深情往事忆当年，多特蒙德卷巨澜。
大雅千秋惊世界，雄风九域壮尧天。
归来留下凌云志，逝去含冤泪水寒。
福地重逢双获胜，鲜花敬献祭英贤。

303. 风筝节感怀

蝶舞鸢飞绘彩虹，云霞朵朵喜相迎。
嫦娥为伴蹁跹舞，织女同歌婉转声。
手把长绳牵古韵，心怀大地览新城。
夕阳无限时光好，四海同春万事兴。

304. 阳台农夫

久居闹市觅悠闲。五米阳台建菜园。
浇水育秧描翠绿，施肥松土润心间。
琳琅满目胸怀广，立体重叠天地宽。
大地相依烦渐远，农夫再做乐陶然。

305. 采桑子·春回大地

东风浩荡山川动，锣鼓齐鸣，万马奔腾。勇往
直前步锦程。　京华大地游人醉，四季常青，柳绿
花红，春色满园尽笑声。

306. 喜迎党的十八大

旭日东升气象新，红旗漫卷正乾坤。
三山推倒千钧力，四化功成万里春。
开放改革强伟业，科学发展富黎民。
恭迎盛会谋宏愿，锦绣前程叹古今。

307. 京城览胜

旭日东升沐彩虹，知时好雨夜方晴。
温馨广场花成海，宽阔长街树满城。
瑞气迎来天下客，祥和递上世间情。
承新纳古胸怀敞，远虑深谋奔锦程。

308. 摄影天门山

摄影寻幽赴密云，一行个个抖精神。
长枪特写天门险，短炮专描峡谷深。
碧水潺潺吟盛世，青山袅袅恋知音。
精心拍下三千景，装点人间四季春。

129

309. 有感于李岚清篆刻艺术展

百花齐放绘京城，带露芝兰绣锦程。
艺术追求结硕果，精神享受树新风。
为官一世情怀满，致仕十年韵味浓。
莫道夕阳时日短，光彩余晖胜霞红。

310. 有感于曾荫权的公开道歉

　　香港行政长官曾荫权由于出差膳宿费用超标被查处，公开道歉说："因为我个人处事不当，令市民对香港保持廉洁奉公的信心有所动摇，也令公务员同事感到失望，我再次衷心向大家致歉。"

紫荆花开照四方，清风细雨净香江。
廉洁自律威名远，膳宿超标致命伤。
道歉何如民做主，违规查处法兴邦。
同仁一杆公平秤，社会和谐浩气扬。

311. 贺神九天宫交会对接圆满成功

东风浩荡净苍穹，欢送三杰进太空。
神九腾飞寻密友，天宫翘首盼相逢。
两厢交会千般好，一路雄威万里程。
众志成城结硕果，科学探索勇攀登。

312. 贺我伦敦奥运首日进四金

奥运门开映日红，中华儿女展才能。
金牌块块情怀满，汗水滴滴意蕴浓。
东亚病夫成历史，强国之梦绽新容。
东风浩荡凌云笔，泼墨英伦绘彩虹。

313. 盛赞叶诗文

　　伦敦奥运，我16岁的"天才少女"叶诗文连得400米混合泳、200米混合泳两枚金牌，并打破世界纪录和奥运会纪录。她在400米混合泳中最后50米自由泳的速度比同项目男子冠军美国的罗切特还快0.17秒，堪称奇迹。

英伦奥运起东风，壮志凌云献彩虹。

豆蔻年华惊世界，劈波斩浪创恢宏。

人声鼎沸山川舞，锣鼓喧天河汉情。

小试牛刀怀远梦，里约再战续龙腾。

314. 盛赞孙杨

　　伦敦奥运，我20岁的年轻小将孙杨首次参加奥运会便夺得两金一银一铜的优异成绩，还打破世界纪录和奥运会纪录，创造了中国运动员在奥运会游泳项目上的最好成绩，并成为中国继姚明、刘翔、李娜之后的又一位世界级体坛巨星。

喜事连台最感人，泳坛捷报递佳音。

男儿有志鳌头站，力量无穷技艺新。

扭转乾坤抒盛世，民族振奋颂国魂。

和平崛起千秋业，习武强身万代春。

315. 寻找最美乡村教师感言

泉水涓涓纳古今，阳光雨露润新人。
一群儿女心中事，两鬓斑白梦里魂。
艰苦卓绝传奥妙，殚精竭虑破迷津。
栋梁构筑千秋业，桃李耕耘九域春。

316. 读滕绍英近作偶感①

茫茫诗海遇知音，竹杖芒鞋见匠心。
把酒高歌如梦令，品茗低咏醉花荫。
赏心悦目心中景，流水行云眼里珍。
自作多情迷翰墨，平平仄仄暖红尘。

133

①：见苏轼《定风波》"竹杖芒鞋轻胜马，谁怕？一蓑烟雨任平生。"

317. 步绍英《开春·赠少年》原玉

夺冠升旗喜泪流，风华正茂占鳌头。
高空跳伞雄姿展，越野飙车壮志筹。
短跑如飞超雨燕，摔跤力大胜黄牛。
伦敦奥运征程过，硕果累累献金秋。

附：《开春·赠少年》

冰雪未消寒气流，谁传春讯上枝头。
桃花暗把环姿展，梅萼犹作燕态筹。
江北望穿新雨燕，岭南劳动老耕牛。
时光恰似神驹过，莫效潘郎鬓上秋。

318. 赏月

斗转星移赏太空，奇思妙想问蟾宫。
诗坛李杜佳篇重，词苑苏辛笔墨浓。
一片冰轮驱雾霭，千年碧玉净苍穹。
清晖洒满人间世，美化心扉总是情。

319. 贺航母入列

旭日东升欲壮行，英姿飒爽踏航程。
扬眉吐气军威振，大展宏图不朽功。
盛暑祁寒勤备战，风云变幻震苍龙。
和平崛起疆防稳，守护黎民绘彩虹。

320. 设三沙市感怀

南洋浩瀚渺无垠，镇守边关自古今。
一举出台书胜日，三沙设市篆碑文。
宏图挥就千钧力，伟业迎来万里春。
宝岛岂容贼霸占，神州寸土捍民心。

321. 贺十八大胜利召开

金桂飘香锣鼓喧，京华盛会聚群贤。
宏图拟就千秋梦，伟业迎来万众欢。
开放改革除旧迹，科学发展启新篇。
和平崛起乾坤朗，一代风流耀世间。

322. 贺京广高铁全线贯通[①]

严寒岂可锁东风，瑞雪消融净碧空。

九域长天飞彩凤，百年大计舞祥龙。

迎来快速发家路，送去高科致富经。

无限征程春在手，和平崛起耀寰瀛。

323. 有感于莫言获奖

辛勤慈母胜春风，身教言传化彩虹[②]。

岁月奇闻收眼底，沧桑趣事隐心中。

精雕细刻感人作，梦笔生花不朽功。

诺奖一席掀巨浪，文坛盛事竞繁荣[③]。

---

①：2012 年 12 月 26 日京广高铁全线贯通，2298 公里只需 7 时 59 分钟，比原来最快的普通客车还要快 12 个多小时，还成为世界上运营里程最长的高铁线路，并初步形成四纵、四横的网络化建设。

②：莫言在获奖感言中经常提到母亲的言传身教对他文学创作的影响。

③：诺奖一席，指诺贝尔文学奖首次颁发给中国作家莫言，它也使中国在诺奖中有了一席之地。

324. 鹧鸪天·癸巳咏蛇

暖暖微风春意浓，喜迎癸巳赞生灵。
许仙受骗遭诬陷，法海施妖留骂名。
常受辱，默无声。杯弓幻影显威风。
花皮琴瑟千秋颂，苦胆膏方万古情。

325. 诗谢高玉昆老师

欲写诗词咏玉龙，春风化雨润心胸。
苏辛讲解情怀满，李杜剖析韵味浓。
批改行文文有致，点评巧妙妙无穷。
先生勉励黄昏颂，余热生辉夕照明。

神州
颂

326. 水调歌头·咏春

　　癸巳迎春到，旭日照山川。登高环顾极目，处处变新颜。柳绿花红遍野，百鸟悠闲湿地，青翠胜江南。一派风光好，瑞气兆丰年。　　宏图志，腾飞梦，勇登攀。世博夙愿实现，奥运誉佳篇。宇宙飞船入轨，海底蛟龙戏水，喜报奏和弦。昂首小康路，盛世耀瀛寰。

327. 悼念余放同志

噩耗传来倍感伤，峥嵘岁月忆沧桑。
一腔热血情怀满，半世风云昼夜忙。
展翅鲲鹏抒壮志，经纶妙手著华章。
忠魂化作知时雨，洒落神州润四方。

328. 蛇年两会抒怀

丽日风和春意浓，各方代表聚京城。
征途换届交接稳，继往开来号角鸣。
深化改革胸有梦，科学探索力无穷。
沧桑正道乾坤朗，策马扬鞭奔锦程。

329. 咏夕阳

老来格外重光阴，勤奋追求见匠心。
皓首穷经谋远志，壮心不已进黉门。
挥毫抛却沉浮事，泼墨迎来自在身。
日近斜阳谁道晚，扬鞭策马续征尘。

330. 步《赞白牡丹精神》原玉

——赠戏曲表演艺术家王冠丽老师

豆蔻年华情意真，胸中有梦步霜尘[①]。
翩翩舞妙千般韵，袅袅音清满室春。
璞玉琢磨成大器，精金提炼透坚贞。
梨园盛事扬国粹，出水芙蓉无以伦。

附：赞白牡丹精神

——赠戏曲表演艺术家王冠丽老师

根缘沃土蕴情真，绰约仙姿不染尘。
越女溪边娇似玉，梨花雨后妙含春。
几番摇落余香远，一世炎凉傲骨贞。
婉转惊鸿疑梦境，寄杯冰雪冠群伦。

①：霜指筱白玉霜。

331. 伟业宏图（辘轳体）五首

（一）

人民利益大于天，聚义南湖明誓言。
艰苦卓绝行万里，凌云壮志倒三山。
城头猎猎红旗展，广场声声笑语欢。
浩荡东风龙起舞，文明古韵换新颜。

（二）

风雨征程卷巨澜，**人民利益大于天**。
雄狮百万狼烟扫，广厦千秋世代坚。
两弹功成抒壮志，一星目远铸江山。
昆仑大业疆防稳，放眼神州转大千。

（三）

春回大地喜心间，**锣鼓齐鸣万众欢**。
开放改革财路广，人民利益大于天。
卅年伟业辉煌路，九域丰功耀世间。
旭日蒸蒸雄万里，东风浩荡竞千帆。

（四）

岁月峥嵘忆百年，回归港澳庆团圆。

三通省却千程路，两岸迎来万众欢。

华夏共谋圆梦事，**人民利益大于天**。

神州盛世征程远，伟业宏图更壮观。

（五）

蒸蒸日上势无前，伟业鸿程路更宽。

再绘蓝图书大地，更期德政润江山。

全神贯注发家路，锐意谋求致富篇。

梦想心声须谨记，**人民利益大于天**。

332. 瑞雪新韵二首

（一）

久闻海上有仙山，瑞雪春分降夜阑。

朵朵梨花成碧玉，茫茫浩宇变瑶天。

一身丽质珊瑚体，六瓣丰姿玛瑙衫。

偶遇阳光羞远去，只缘生性爱清寒。

（二）

丽质天姿无以伦，京华大地满园春。

芳菲吐雅千山素，瑶树含苞万朵魂。

恰似鹅毛飞舞步，更如玉体走霜尘。

银丝缕缕情何限，琼骨流香叹古今。

333. 圆梦吟

老夫一介逐光阴，有梦未圆难遂心。

咏水吟山习韵律，夸杨敬柳唱阳春。

东瀛胜地风光好，西域风情耳目新。

日近残阳情更切，扬鞭策马逐黄昏。

334. 清明寄语

细雨蒙蒙润碧空，庄严肃穆又清明。

鲜花朵朵哀思寄，泪水滴滴信念升。

追忆英魂怀旧事，传承遗志起新程。

人生自古谁无死，留取丹心照汗青①。

143

---

①：借用文天祥《过零丁洋》诗句。

335. 咏草

莫道名声身世轻，千秋万代韵无穷。
荒坡野岭禾苗旺，低谷高山遂意生。
塞北有情肥骏马，江南无意染芳城。
绿茵描绘乾坤朗，圆梦小康不朽功。

336. 观蜘蛛感吟

屋檐斜角挂回廊，小小蜘蛛欲逞强。
绣虎酿成绸两匹，雕龙织就网一张。
眼疾瞄准飞虫闯，腿快出击捕获忙。
满腹经纶真给力，擒拿格斗写辉煌。

337. 题芦山抗震救灾

山崩地裂起狂风，瓦砾声哀号角鸣。
一处遭灾传命令，八方施救送援兵。
真诚有效千钧力，大爱无疆九域情。
危难兴邦天地动，悲歌壮举祭英灵。

338. 咏电脑

——步马凯《咏海棠》原韵

浩渺烟波无影墙，清心寡欲少芳香。
鹏程万里辉煌路，歌舞千家锦绣妆。
神九升空迎瑞气，蛟龙探海荡回肠。
玲珑玉体无穷妙，胜过金银上百筐。

附：《咏海棠》马凯

老干新枝也出墙，嫩芽争放送清香。
风来漫地梨花雪，雨过摇身碧玉妆。
难怪苏家常上火，顿怜贾府总回肠。
而今只待金秋到，肥果胭红装满筐。

339. 省长退休后当义务讲解员

题记：浙江前省长吕善祖退休后在博物馆当了一名义务讲解员被传为佳话，2012 年共讲了 16 次。吕善祖同志说："我本来就是一个普通老百姓，退下来以后，还是回归老百姓的本分吧，做一些普普通通的事。"

高尚情操感众人，中华文化正乾坤。
忠贞做事白头勇，淡漠浮云赤子心。
谋政高官思有道，赋闲志愿手无薪。
夕阳无限春常在，余热生辉善此身。

340. 八十抒怀

岁月沧桑抵万金，风云变幻续征尘。
朱颜化作黄昏颂，白发梳成赤子心。
事业忠贞勤四季，路途坎坷惠一身。
闲来小酒天伦乐，盛世欢歌告子孙。

341. 外孙入党感言

日前，得知读大三的外孙入党的消息，甚感欣慰，特赋诗一首。

美好年华绽笑容，红旗指引奔前程。
胸中有梦情怀远，心里无私信念明。
文理相通强两手，德才兼备暖一生。
宏图伟业东风劲，报效家国铸汗青。

342. 水调歌头·古都新韵

检点周边事，放眼醉八方。京华大地巡视，处处换新妆。柳暗禽鸣成曲，花海挥毫泼墨，新韵绽芳香。走上小康路，日子喜洋洋。　　抒慷慨，挥巨笔，创辉煌。民心振奋，宏伟壮举赋华章。规划三山远景，构建五园佳作，美景胜天堂。把酒心陶醉，共庆好时光。

343. 热烈祝贺神十发射成功

万众欢腾话酒泉，英雄儿女又新篇。
宏图三步情怀满，伟业十年步履坚[①]。
半月瑶台安驿站，两千硕果惠人间[②]。
星空探索神州梦，盛世辉煌映昊天。

344. 重读毛主席七律
《人民解放军占领南京》

太岁当头见伟人，一声号令正乾坤。
雄狮百万风雷卷，鸿史千秋耳目新。
大帜彤彤光日月，高歌朗朗唱阳春。
家国历尽沉浮事，远虑深谋叹古今。

---

①：1992 年 9 月 21 日，我国决定实施载人航天工程，确定了三步走的发展战略。

②：我国 1100 多种新型材料中有 80% 是在空间技术的牵引下研制完成的，已有近 2000 项空间技术成果应用于国民经济各部门。

345. 北大校友重逢感怀

学子当年觅大同，湖光塔影喜相逢。
风华正茂情怀满，血气方刚志趣浓。
万卷诗书留眼底，一窗日月刻心中。
归来检点平生愿，硕果枝头夕照红。

346. 咏文化养生

——礼赞老年大学

岁暮之年志趣浓，强身健体步新程。
文山自有灵丹药，书海全无市侩风。
醉咏神州勤四季，欢歌盛世乐一生。
襟怀海岳神情爽，敢笑蓬莱老寿星。

神州颂

347. 看孙林英反字草书感言

林翁妙笔创奇雄，反字草书别样红。
墨守成规难遂愿，标新立异显才能。
刚柔互济情怀满，行楷兼容意蕴浓。
盛世文坛春在手，挥毫力作冠群英。

348. 瞻仰司马迁墓抒怀

苍松翠柏伴英灵，默默群山隐太公[①]。
遭受宫刑成动力，激发奋进显神通。
经纶满腹丰碑矗，史记成书不朽功[②]。
无韵离骚明后世，文坛巨匠叹魁雄[③]。

---

①：司马迁墓位于陕西韩城南。

②：《史记》全书130篇50多万字，由本纪、书、表、世家、列传五种体例构成了一部完整的史书体系，是一座伟大的丰碑。

③：鲁迅称赞《史记》为"史家之绝唱，无韵之离骚"。

349.坝上游

胜日金秋坝上行，牛羊遍野靓时空。
萋萋芳草斜阳里，点点穹庐梦幻中。
纯净无瑕升瑞气，缤纷绚丽透娇容。
风光如画才思短，难赋诗人一片情。

350.贺建部三十周年

峥嵘岁月忆深情，革命征程万里行。
保驾护航抒壮志，复兴圆梦立新功。
前仆后继衔接稳，继往开来号角鸣。
历史千秋须谨记，居安莫忘固长城。

351.看电视《中国汉字听写大会》

文坛盛会靓荧屏，老少咸宜兴味浓。
汉字时空藏奥妙，人才荟萃显神通。
书山有路胸怀广，学海无涯信念明。
莫道垂髫年幼小，抢关夺隘亦英雄。

352. 园博观感

文化渊源自古今，京华荟萃赏园林。
岭南秀丽风光好，塞北雄姿耳目新。
五彩缤纷光日月，生机四溢耀乾坤。
依依不舍情何限，默默成诗仔细吟。

353. 酬谢高玉昆老师赠《大有斋诗稿》卷一

累累硕果仰高贤，喜获诗文赠续篇。
满腹经纶抒壮志，一腔热血创新天。
欢歌盛世千秋梦，醉咏神州万众欢。
植李培桃春正好，弘扬国粹暖人间。

354.《效人吟草》读后感

　　王效人同志是《桑榆诗社》前社长，也是我的良师益友，日前他送我一本新出的诗集《效人吟草》，读后受益匪浅，感慨良多，特赋诗一首，表示酬谢。

年事虽高步未停，痴迷李杜启新程。
骚坛有路胸怀满，魅力无穷志趣浓。
万卷诗书求妙句，一窗日月酿深情。
欢歌醉咏神州梦，老树新花别样红。

355. 览胜石林峡 ①

雨霁金秋气象新，京东览胜赏石林。
高山飞瀑千秋韵，溪水清潺满目春。
直上天梯浇汗水，横穿峡谷洗征尘。
奇观历历斜阳晚，回首依依遍地金。

153

①：飞瀑、天梯均为石林峡的重要景点。

154

356. 重阳抒怀

层林尽染伴花香，喜事连台笑语长。

两袖清风忙日月，一腔热血赋华章。

依依不舍终身愿，耿耿忠心满鬓霜。

人寿年丰迎盛世，高歌把盏醉重阳。

357. 盛赞三中全会光辉历程

东风浩荡起新程，扭转乾坤忆邓公[①]。

开放改革兴伟业，科学发展惠民生。

三中盛会辉煌史，八届鸿猷不朽功[②]。

圆梦蓝图机遇好，红旗指引跨时空。

---

①：邓公即邓小平同志。

②：自1978年至2013年，共开过八届三中全会，每次均有重要政策出台。

358. 重阳寄语

九九重阳枫叶红，痴迷李杜赋余生。
今朝醉咏发家路，明日欢歌致富经。
岁月无情人易老，终身有愿笔难停。
丹心妙解离骚韵，炼字三更绽笑容。

359. 贺嫦娥三号圆满升空

一道霞光破夜空，嫦娥奔月耀苍穹。
神十落地九州庆，玉兔升天四海惊。
有志攀登结硕果，无穷探索长才能。
中华儿女情怀满，圆梦复兴屡建功。

360. 祝贺十八届三中全会胜利召开

光辉历程耀瀛寰，继往开来迎续篇。
深化改革除旧貌，科学发展换新颜。
民安物阜千秋颂，水秀山青九域欢。
万里疆防汤若固，宏图伟业好扬帆。

361. 悼念曼德拉先生

巨星陨落暗苍穹，亿万人民悼曼翁。
半世监牢磨大志，一生奋斗立奇功。
民族大小和谐处，肤色黑白待遇同。
亘古千秋无觅处，包容大义誉寰瀛。

362.《梅斋诗稿》读后感①

读罢梅斋意蕴丰，心灵手快步轻盈。
大哥诗咏情怀满，小妹词填韵味浓。
塞北山明明事理，岭南水秀秀人生。
龙腾虎跃乾坤朗，同履骚坛绘彩虹。

---

①：日前，滕绍英送我一本她哥滕绍理新出版的《梅斋诗稿》，读后获益匪浅，感触良多，特赋诗一首，表示酬谢。

363. 贺新春

细雨蒙蒙润碧空，春回大地起龙腾。
银蛇留下千钧力，骏马迎来万里程。
旭日蒸蒸扬正气，丹心耿耿弃歪风。
征途洒满阳光路，大业辉煌筑梦成。

364. 白果林秋韵

深秋览胜步霜林，无限橙黄动四邻。
曾叹桃源无去路，谁知梦境已来临。
斜阳彩绘三山景，落叶风摇满地金。
送往迎来天下客，欢声笑语醉游人。

365. 敬老院偶成

青山隐隐郁葱葱，环境温馨享太平。
岁月遗痕书脸上，沧桑往事刻心中。
今天耄老蹒跚叟，昔日英年铁甲兵。
心系家国天下事，复兴圆梦暖余生。

366. 咏苦瓜

一往情深誉世间，龙身玉体美名传。
黄花绿蔓容颜秀，青果红瓤籽粒甜。
可口佳肴杨四海，食疗妙品醉八仙。
江南塞北盘中客，苦尽甘来自有缘。

367. 重拳

喜鹊枝头又报春，东风浩荡扫霾尘。
倡廉有志决心大，反腐无情耳目新。
刮骨疗毒施重手，高压断腕正乾坤。
红旗引上阳光路，青史蒸蒸照古今。

368. 颐和园新韵

经风历雨创新篇，五彩缤纷入眼帘。
几朵丹云泼画卷，一湖碧水戏游船。
廊中兴致歌声朗，亭外心舒舞步欢。
岁月遗痕成记忆，古老园林韵无边。

369. 颂马年

红旗招展耀昆仑，热火朝天气象新。
龙送宏图飞舞步，马迎伟业续征尘。
上天揽月千钧力，下海捉鳖万众心。
继往开来擂战鼓，劈波斩浪壮乾坤。

370. 离退休老干部新春诗歌朗诵会感言

2014年1月10日，《桑榆诗社》召开离退休老干部新春诗歌朗诵会，各片共38人参加创作并朗诵62首诗词。他们以这种形式从不同角度歌颂党、歌颂祖国、歌颂社会，热情洋溢，内容丰富，令人欢欣鼓舞。

诗歌朗诵吐衷肠，送旧迎新喜气洋。
万马奔腾抒彩卷，百花齐放蕴华章。
心勤有志书山竞，人老无忧学海忙。
余热生辉春正好，平平仄仄赋辉煌。

371. 圆梦颂

红旗指引倒三山，华夏巍然立世间。

开放改革兴伟业，科学发展创新篇。

倡廉有志决心大，反腐无情意志坚。

快马加鞭春在手，百年圆梦奏和弦。

372. 咏蒲公英

默默无闻降世间，随风起舞绽芳颜。

漂洋过海决心大，觅迹寻踪意志坚。

塞北远山达胜地，江南近水换新天。

别离热土谋发展，遗训传承壮大千。

373. 回家过年

天涯海角梦魂牵，传统佳节万众欢。

儿女归来寻旧礼，亲朋聚首话新天。

婿翁热议发家路，姐弟切磋致富篇。

其乐融融何所愿，欢声笑语入和弦。

374. 马年迎春曲

生肖轮回骏马迎，韶光远去晚霞红。
夕阳泼墨肝肠热，余热挥毫兴味浓。
切莫因循习旧韵，应谋立异启新声。
雄风老骥情怀满，一片丹心共月明。

375. 贺索契冬奥会开幕

小镇清新若画廊，喜迎冬奥战冰霜。
骄阳似火乾坤朗，瑞雪如银淡雅妆。
本领高强抒壮志，威风显赫逞豪强。
寒冬练就凌云志，友谊花开照四方。

376. 农村拜年

鞭炮声声瑞气盈，良辰吉日又相逢。
千年旧礼亲情送，一代新风笑脸迎。
谈古论今夸盛世，欢天喜地颂民生。
人人称赞中国梦，众志成城奔锦程。

377. 贴春联

文化渊源叹古今，楹联贺咏暖红尘。
抬头见喜心神爽，迈步逢春耳目新。
闪闪龙飞光日月，浓浓凤舞耀乾坤。
万家灯火扬国粹，一片祥和仔细吟。

378. 向郭祥福同志致敬

　　郭祥福同志30年如一日，为离退休老干部工作倾注了全部心血和热情，尽职尽责，无怨无悔，受到老干部的高度赞扬，被评为"全国先进老干部工作者"。

默默耕耘绘彩虹，夕阳无限写人生。
一腔热血情怀满，卅载忠贞信念明。
心系重托询冷暖，身担要务递深情。
周边自有雷锋在，熠熠生辉笑脸迎。

379. 回眸

岁尾回眸兴味浓，桩桩件件总含情。
三中盛会九州颂，八项新规四海称。
下海捉鳖磨大志，上天揽月立奇功。
前程无限红旗展，继往开来奔大同。

380. 中央领导冒雪看望戍边官兵

大地神州盼过年，官兵冷暖梦魂牵。
强军习武疆防稳，卧雪爬冰斗志坚。
满脸霜花情脉脉，一身迷彩意绵绵。
谆谆教诲心牢记，守护家国扬远帆。

381. 咏快递

快递穿梭织彩虹，匆匆来去靓时空。
千家万户斜阳里，四面八方晨雾中。
咫尺天涯无远近，农村城镇有亲朋。
复兴伟业大潮涌，国运亨通映日红。

382. 咏胡杨林

一幅画卷遇知音，栩栩如生情意真。
百态夸张雕古韵，千姿蕴藉透风痕。
沧桑浑厚夕阳暖，岁月沉雄耳目新。
恰似明珠镶大漠，嶙峋铁骨铸英魂。

383. 和绍英《马年春节感言》

旭日东升骏马驰，迎春翠柳换新枝。
兴邦实干千秋梦，理政清廉两袖诗。
反腐强拳急切切，爱民力举意痴痴。
劈波斩浪杨帆远，大业功成会有时。

384. 重游母校未名湖

旧地重游沐暖风，湖光塔影忆征程。
当年索句情怀满，今日诗成韵味浓。
五味沧桑勤励志，一腔热血化忠诚。
归来检点平生愿，把酒盈樽共月明。

385. 瑞雪贺春

瑞雪初晴映早霞，漫山遍野绽梨花。

莽苍胜境城乡美，如画江天众口夸。

庭院千姿披锦绣，楼头百态换新纱。

感天动地墒情好，但盼酬勤富万家。

386. 祝贺李坚柔荣获索契
冬奥会女子短道速滑 500 米世界冠军

红旗招展舞长空，短道王牌挂彩虹。

意外频仍磨壮志，时机把握显才能①。

队员圆梦超常力，教练合谋大将风。

谶语成真添笑料，终凭实力盖群英②。

---

①：短道速滑是我冰雪项目的王牌，但出发前夺金热门人选王濛意外受伤，比赛过程中又屡出意外，最后只剩李坚柔一人进入决赛，形势十分不利，而比赛中其他三人摔倒，李坚柔抓住机会勇夺金牌。

②：李坚柔说，2006 年王濛分到 111 号获得了冠军，今年我也拿到 111 号，这是好兆头，没想到谶语成真。当然最终还是靠实力。

387. 祝贺周洋索契
冬奥会女子短道速滑 1500 米成功卫冕

战鼓隆隆号角鸣，体坛冬奥聚群英。
四年伤病风波起，一往无前笑脸迎。
技艺高强超自我，精神抖擞竞输赢。
温馨团队辉煌路，天道酬勤万里程。

388.《书上说的》读后感

灯火辉煌织彩虹，群英荟萃献丹诚。
一腔热血风云览，四卷雄文慧眼明。
学富五车人睿智，路经百坎步从容。
斯人回首峥嵘路，羽扇轻摇未了情。

389. 看门球赛

袅袅微风好个秋，呼朋唤友看门球。
雄鹰准确三杆胜，猎豹失常一棒丢。
苦练勤学拼技艺，欢声笑语竞风流。
桑榆暮影夕阳暖，乐此能消百日忧。

390. 深切悼念王效人同志

春寒料峭入轩窗，噩耗传来倍感伤。
两袖清风明皓月，一腔热血献夕阳。
为人有志情怀满，处世无私笑语长。
日夜辛劳终远去，祥云驾鹤赴仙乡。

神州颂

391. 敬迎烈士遗骸回家

当年志愿军英灵今日从韩国回家，437 具烈士遗骸安葬在沈阳抗美援朝烈士陵园。

悠悠岁月六十春，抗美援朝记忆深。
保卫和平驱虎豹，伸张正义立功勋。
千钧书写英雄谱，万世传承将士魂。
今日遗骸归故土，鲜花敬献泪沾襟。

392. 长相思

仿李君，效杜君，意惹情牵问道真。传承有后
人。　　转金轮，转玉轮，一寸光阴一寸金。辛劳
悟暖春。

393. 鹧鸪天·湖畔蛙鸣

绿野飘香润碧空，百花争艳竞繁荣。
林中漫步心神爽，湖畔蛙鸣悦耳声。
音脆脆，意浓浓，饱含新韵送深情。
山明水秀风光好，一片祥和入画屏。

394. 电脑小魔术

一副桥牌任六张，精心设计有文章。
从中记好心头想，由此深藏诡秘方。
电脑聪明知底细，鼠标滑动露端详。
轮番测试人称妙，回味无穷笑语长。

395. 贺李老微曦百年华诞

一片忠心觅大同，百年见证忆征程。
白头不忘凌云志，赤子常怀壮士情。
岁月峥嵘收眼底，沧桑往事刻心中。
迎来盛世人增寿，敢笑南山不老松。

396. 纵览国际风云

风云变幻系心间，维护和平步履艰。

领土纠纷难灭火，种族歧视易生烟。

强权插手干戈起，恐怖袭击仇恨添。

但愿天公挥巨手，指挥宇内奏和弦。

397. 读书偶得

悠悠岁月趣无穷，万卷诗书不朽功。

满纸珍文昭后世，一身瑰宝寄深情。

芸芸作者尘嚣外，字字珠玑笔墨中。

古往今来多少事，新闻件件入芳丛。

398. 八十遣怀

岁月悠悠照古今，旌旗猎猎正乾坤。

一灯常伴风云变，四卷心痴耳目新。

淡饭粗茶多挚友，清心寡欲少霾尘。

老夫喜作黄昏颂，把酒盈樽仔细吟。

399. 摄影记趣

背起行囊走四方，长枪短炮俏夕阳。
相机单反功能妙，电脑存查数据详。
飞鸟连拍出异彩，爬虫微距蕴华章。
神州大地乾坤朗，水秀山青醉画廊。

400. 喜读高玉昆先生新著

题记：甲午初夏，收到高玉昆先生的新著《中国古典诗歌艺术研究》，读后受益匪浅，特赋诗一首，表示酬谢。

读罢宏文见匠心，犹如美酒献清醇。
书斋默默胸怀敞，教室声声耳目新。
满腹经纶寻雅兴，一腔热血遇知音。
欣逢盛世千秋梦，装点神州四季春。